말벌

기시 유스케 지음
이선희 옮김

창해

차 례

캄캄한 들판을 걷고 있다.

아무리 걷고 또 걸어도 나 혼자다.

내 앞에는 새하얀 눈을 가로지르며 좁은 길이 끝없이 뻗어 있을 뿐이다.

지금까지 걸어온 구불구불한 길은 깊은 어둠 속으로 완전히 가라앉았다.

나는 지금 어디서 와서 어디로 가는 것일까?

견디기 힘든 적막감과 의지할 곳 없는 외로움이 심장을 움켜쥐었다.

그때 한참 떨어진 앞쪽에서 사람의 그림자가 눈에 들어왔다.

어디선가 본 적이 있는 모습이다.

나도 모르게 발걸음이 빨라졌지만 거리는 전혀 좁혀지지 않는다.

"이봐요!"라고 크게 소리쳐도 사람의 그림자는 뒤를 돌아보지 않는다. 들리지 않는 것일까, 아니면 일부러 무시하는 것일까.

한참을 소리치고 나서야 겨우 알아차렸다. 그것은 나 자신, 나의 분신이라는 것을.

자신의 분신을 본 사람은 머지않아 죽는다. 영혼을 잃어버린 육체는 살아갈 수 없다.

빨리 따라잡아서 하나로 합쳐야 한다. 그러지 않으면 나는 단순한 그림자로 바뀌어버리고, 뒤에서 쫓아오는 어둠 속으로 빨려 들어가 흔적도 없이 사라지리라.

다시 어느 누구도 아닌, 제로 이하의 존재로 돌아가는 것이다.

등 뒤에서 사람들의 웅성거림이 쫓아온다.

수많은 사람이 목청을 높여 나를 비난하고 매도한다.

도망쳐라. 도망쳐야 한다.

공포에 사로잡혀 도망치려고 했지만 푹신한 눈에 발이 빠지며, 아무리 땅을 세게 걷어차도 몸이 허공으로 떠오를 뿐 앞으로 나아가지 않는다.

뒤쪽에서 폭주족이 떼로 몰려온다.

아니다. 그들은 단순한 폭주족이 아니다. 음침한 엔진 소리가 귓가에 울려 퍼지고, 칼과 갑옷이 부딪치는 쇳소리가 허공을 가로지른다. 그들은 일치단결해서 살육에 대한 의지를 불태우고 있다.

날카로운 공포로 손발이 움츠러든다.

도망쳐야 한다. 무슨 짓을 해서라도…….

잡히면 끝장이다. 그들은 분명히 나를 갈기갈기 찢고 목숨을 빼앗으리라.

하지만 마음 한구석에서는 이미 도망칠 수 없다는 사실을 알고 있다. 끝없는 괴로움에 시달릴 바에야 차라리 빨리 끝장나기를 바라는 마음이 솟구치기 시작했다.

아아, 이제 틀렸다…….

결국 그들에게 잡히고 말았다. 등 뒤에서 사신死神이 손을 내밀었다.

뒤를 돌아본 순간, 날카로운 칼이 내 목을 관통했다.

짭짤하면서 뜨거운 핏덩이가 입안에 넘친다. 괴롭다. 숨을 쉴 수 없다.

나는 단말마의 비명을 지르며 죽은 듯이 누워 있는 또 하나의 나, 분신의 모습을 힐끔 쳐다보았다.

갑자기 핼러윈의 괴물 같은 얼굴이 눈앞에 나타났다.

호박의 속을 파낸 듯한 거대한 오렌지색 머리. 치켜 올라간 커다란 두 눈. 미간에 있는 주술의 표식처럼 보이는 역삼각형 별

문양.

좌우로 고개를 갸웃거리면서 조용히 내 모습을 관찰하고 있다.

괴물의 얼굴이 갑자기 시야에서 사라졌다.

그 대신 캄캄한 어둠이 서서히 주변 세계를 잠식한다.

이미 어느 누구도 아니게 된 나를, 음침한 어둠이 천천히 집어삼키려 하고 있다.

1

몸이 크게 움찔거리고, 이어서 몇 미터 아래로 떨어진 듯한 감각에 휩싸였다.

눈을 뜬 곳은 킹사이즈의 물침대 위고, 맨발에 닿는 것은 빳빳하게 풀을 먹인 리넨 시트였다.

몸을 일으키자 매트리스가 물이 흔들리는 감각을 전해주었다.

그제야 하얀 목욕가운을 입은 채 잠들었다는 사실을 깨달았다.

나이트 테이블 위로 오른손을 내밀자 무언가가 손끝에 닿았다. 아직 내용물이 들어 있는 와인병이었다. 그 옆을 더듬어 두껍고 묵직한 렌즈에 철테를 두른 안경을 쓰고 나서 방 안을 둘러보았다.

차광 커튼을 드리웠는지 방 안은 어두컴컴했지만, 발 아래쪽에서 한 줄기 빛이 새어 들어와 방 한가운데를 스포트라이트처럼 비추고 있었다.

여기가 어디지?

순간적으로 여기가 어디인지 생각나지 않았다. 그뿐 아니라 내가 누구인지조차 모호했다. 와인을 너무 많이 마신 탓일까? 알코올이 뇌세포를 녹인다는 말을 들은 적은 있지만.

쌍안경의 핀트를 맞추듯 기억이 천천히 초점을 맞추었다.

……내 이름은 안자이 도모야.

……주로 음울한 미스터리나 서스펜스를 쓰는 소설가다. 베스트셀러 작가라곤 할 수 없지만 독창적인 작풍이 일부 독자의 사랑을 받아, 불황의 늪에 빠진 출판 시장에서도 그럭저럭 판매율을 유지하고 있다.

……여기는 야쓰가타케 남쪽 기슭에 있는 산장이다. 거품경제가 극에 달한 시기에 돈을 주체하지 못한 괴팍한 사람이 일부러 마을에서 동떨어진 곳에 지은 통나무집이다. 집의 크기나 건축 연수, 시설 등에 비해 싸게 내놓은 덕분에 2년 전에 과감히 구입했는데, 주변이 조용해 의외로 글이 잘 쓰인다는 것을 알고 최근에는 1년의 3분의 1을 여기서 지내고 있다.

……사랑하는 나의 자동차인 레인지로버를 끌고 여기로 온 것은 어제였다.

분명히 유메코도 곁에 있었는데.

그러나 지금은 유메코의 모습이 보이지 않는다. 화장실에 갔을지도 모른다.

빛이 새어 들어오는 창문 쪽으로 시선을 돌렸다. 조금 열려 있는 커튼 사이로 밖의 경치가 보였다. 가루눈이 세차게 쏟아지고 있었다. 저 정도면 눈보라라고 할 수 있으리라.

해발 1,000미터가 넘는다고 하지만 11월 하순에 눈이 쌓이는 것은 매우 드문 일이다. 그러나 여기에 올 때 이미 눈이 발목까지 쌓여 있었다. 매스컴에서는 여전히 지구온난화에 대해 떠들고 있지만, 올해의 이상 저온을 보면 마치 새로운 빙하기가 시작되는 것 같다.

한번 생각하기 시작하면 주변 상황을 잊어버리고 몰두하는 것이 나의 나쁜 습관이다. 흠칫 놀라 제정신으로 돌아온 것은 희미한 소리가 귀를 자극했기 때문이다.

뭐지? 고개를 돌렸다. 기묘하게 신경을 자극하는 소리였다.

침대에서 내려오면서 시선을 아래로 향했다. 목욕가운의 가슴 부분에 와인을 흘린 듯 커다란 얼룩이 보였다.

바닥에 쓰러진 큼지막한 와인잔 옆에 검붉은 얼룩이 남아 있다. 그 옆에는 텅 빈 와인병이 굴러다니고, 나이트 테이블 위에는 내용물이 조금 남은 와인병 하나와 T자형 스크루식 오프너가 놓여 있었다.

나 혼자 이렇게 많이 마신 것일까?

……유메코는 체질적으로 알코올에 약해서 살짝 맛을 보는 정도밖에 마시지 않는다.

그렇다. 잠들기 전에 둘이 건배한 것이 생각났다.

무엇 때문에 건배했더라?

물론 신작 《어둠의 여인》의 성공을 축하하기 위해서였다. 겸사겸사 그림책 작가인 유메코의 작품 《마음은 푸른 하늘을 향하여》를 위해서도 건배했지만, 이쪽은 덤이라고나 할까.

가도카와쇼텐에서 문고판으로 출간한 《어둠의 여인》은 윌리엄 아이리시(William Irish, 미국의 소설가)를 연상시키는 농밀한 서정 표현이 장점인 서스펜스 소설이다. 지금까지 내놓은 건조한(또는 지나치게 냉혹한?) 작풍에서 대담하게 변신을 꾀한 야심작으로, 독자의 반응이 조금 걱정되었지만 서점 매대에 쌓여 있는 문고판이 눈에 띄게 줄어드는 것을 보면 판매는 순조로운 것 같았다. 이런 상태라면 블록버스터급이라곤 할 수 없어도 오랜만에 베스트셀러 순위에 오를지도 모른다.

그때 묵직한 두통을 느끼고 얼굴을 찡그렸다. 이상하다. 선천적으로 알코올에 강해서 지금까지 숙취에 시달린 적이 거의 없는데…….

둘이 건배하자는 말이 나왔을 때, 웬일로 유메코가 더 적극적이었다. 지하실의 와인셀러에 가서 직접 좋은 와인을 골라오겠다고 했을 정도다.

그때 그녀의 얼굴이 뇌리에 떠올랐다.

"내가 가져올게요."

유메코는 그렇게 말하며 침대에서 내려가 벽에 걸려 있던 목욕가운을 걸쳤다.

"어디 가려고?"

"지하실…… 와인셀러에요."

그녀는 눈을 살짝 치켜뜨고 나를 쳐다보았다. 유리공예 같은 섬세함과 나약함이 공존하는 작고 하얀 얼굴. 커다란 눈을 동그랗게 뜬 채 입가에는 미소를 머금고 있다.

그때 그녀의 얼굴에 희미한 긴장이 감돈 듯한데, 내가 잘못 본 것일까?

처음 딴 와인은 며칠 전에 출시한 보졸레 누보였다. 쓴맛과 떫은맛이 거의 없어 마시기 편하기 때문에 그녀도 한 모금 마셨을 것이다.

두 번째 와인은 샤토 라투르 1969년이었다. 내가 태어난 해의 와인으로, 강력하면서 중후한 타닌에 나도 모르게 감탄사를 자아냈다.

그러나 지금 생각해보니 와인 맛이 조금 이상했던 것 같기도

하다. 희미하긴 하지만 혀를 찌르는 듯한 씁쓸한 맛이 느껴진 것이다.

목욕가운의 가슴팍을 내려다보았다. 와인을 흘린 기억이 없는데 어떻게 된 것일까? 아마 몹시 취한 것이리라. 그렇다면 이것은 두 번째 와인인 샤토 라투르 자국이다.

나도 모르게 혀를 끌끌 찼다. 비싼 와인을 흘리다니. 지금까지 이런 실수를 한 적은 한 번도 없는데.

침대 옆 선반에서 트레저러 블랙 담뱃갑과 듀퐁 라이터를 집어 들었다. 검은 종이에 싸인 담배 하나를 입에 물고 나서 다시 여섯 평쯤 되는 침실 안을 둘러보았다.

그러자 바닥에 떨어진 또 다른 목욕가운—유메코의 것이다— 이 눈에 들어왔다.

그녀는 섬세하다 못해 강박관념에 가까운 성격의 소유자다. 수건걸이의 수건이 조금만 비뚤어져도 바로잡지 않으면 견디지 못할 정도였다. 그런 그녀가 자신의 목욕가운을 바닥에 내던져 두는 일은 있을 수 없다.

"유메코?"

입에 문 검은 담배를 오른손에 들고 큰 소리로 불러보았다. 화장실에 있다면 들릴 것이다.

"유메코? 집에 없어?"

그러자 마치 내 말에 대꾸하듯 조금 전의 소리가 들렸다.

곤충의 날갯소리다. 설마! 하지만 틀림없다. 이런 시기에, 이런 산속에 도대체 어떤 곤충이 있는 것일까? 어쩌면 잠든 사이에 이 소리를 들었을지도 모른다. 그것이 방아쇠가 되어 눈을 뜨기 직전에 그런 악몽을 꾼 것이 아닐까?

침대에서 가장 멀리 떨어진 창문에서 들린 것 같다. 아직 살아남은 파리나 등에가 추위를 피하기 위해 따뜻한 실내로 들어온 것일까? 실내가 어두웠기 때문에 희미한 빛에 이끌려 창문과 커튼 사이로 들어간 것일지도 모른다. 녀석을 때려잡기 위해 신문지 같은 것이 있는지 주변을 둘러보았지만, 아쉽게도 적당한 것은 보이지 않았다.

일단 담배를 다시 입에 물고 라이터로 불을 붙였다. 유메코는 담배 냄새를 끔찍이 싫어해서 그녀가 옆에 있으면 담배를 피울 수 없다. 방으로 돌아오면 비아냥거리겠지만, 없는 동안에 한 대 피워두자.

아아, 맛있다. 담배 연기를 들이마신 순간, 입에서 탄성이 흘러나왔다. 오랜만에 피운 탓도 있지만 이 담배는 머리가 아찔할 정도로 맛있다. 나는 그제야 침대에서 내려와 보라색 연기를 길게 토해냈다. 아무리 찾아도 슬리퍼가 보이지 않았다. 할 수 없이 맨발로 곤충의 날갯소리가 들리는 창문으로 다가가 두꺼운 암막 커튼을 활짝 열었다.

다음 순간, 온몸이 굳었다.

이럴 수가! 어떻게 이런 일이! 어떻게 여기에……. 더구나 이런 계절에…….

레이스 커튼과 유리창 사이에 불쾌한 날갯소리를 내는 곤충이 있었다. 몸길이는 2, 3센티미터쯤 될까. 노란색과 검은색의 경계색은 틀림없이 말벌이다.

"아무쪼록 다시는 쏘이지 않게 조심하세요……. 처치가 늦으면 최악의 경우 목숨을 잃을 수도 있어요."

의사의 경고를 떠올리자 온몸에 소름이 끼쳤다. 나도 모르게 도망치려다 가까스로 그 자리에서 걸음을 멈추었다.

여기서 눈을 뗐다가 말벌이 어디로 갔는지 알지 못하면 말 그대로 사면초가 상태에 빠진다. 어떻게 해서든 이 자리에서 처리해야 한다.

더구나 냉정하게 생각해보면 이것은 하늘이 주신 좋은 기회가 아닌가. 말벌이 여기 있는 동안 레이스 커튼으로 누르면 간단하게 잡을 수 있으니까.

아니, 잠깐만. 그렇다고 맨손으로 죽일 수는 없다. 잘못하다 침에 쏘이면 큰일이 아닌가. 무슨 일이 있어도 쏘여서는 안 된다. 이럴 때는 도구가 있어야 한다. 슬리퍼는 어디로 갔을까? 잠들기 전에 분명히 신고 있었던 것 같은데.

그 순간, 나는 중요한 사실을 떠올렸다.

뭐야, 걱정할 필요가 없지 않은가.

긴장이 풀리자 나도 모르게 얼굴에 미소가 감돌았다.

지구온난화의 영향으로 도시에는 음식물 쓰레기 같은 먹이가 풍부하기 때문에 11월에 접어들어도 말벌이 계속 활동하고 있다. 그런데 이 계절에, 더구나 이렇게 쌀쌀한 산 위에 아직 활동 중인 말벌의 둥지가 있을 리 만무하다.

즉 이 녀석은 말벌이긴 하지만 일벌일 리 없다.

아마 겨울을 나기 위해 추운 처마 밑에서 따뜻한 실내로 들어온 여왕벌이리라. 그렇다면 그렇게 위험하진 않다. 여왕벌은 웬만해선 사람을 쏘지 않기 때문이다. 일벌은 이른바 소모품에 불과해서 둥지를 지키기 위해서라면 죽음도 마다하지 않는다. 하지만 여왕벌은 다음 세대에 유전자를 전할 수 있는 유일무이한 존재다. 자칫 싸우다 죽어버리기라도 하면 모든 것이 말짱 도루묵이다.

잠깐만. 어쩌면 여왕벌에게는 독침이 없을지도 모른다.

벌의 독침은 산란관이 변해 생긴 것이 아닌가. 어떤 책에 그런 식으로 쓰여 있었던 것 같다. 알을 낳을 일이 없는 일벌의 산란관이 독침으로 변했다는 것이다. 그렇다면 아직 산란관을 사용하는 여왕벌에게는 독침이 없지 않을까?

……아니, 꼭 그렇다고 할 수는 없다.

다른 책에 "일부러 잡아서 괴롭히지 않는 이상, 여왕벌은 사람을 쏘지 않는다"라고 쓰여 있었다. 그 말을 뒤집어보면 일부러 잡아서 괴롭힐 경우 사람을 쏜다는 뜻이 아닌가. 역시 지금은 주의에 주의를 거듭해야 한다.

어쨌든 싸움을 걸지 않고 주로 수비하는 여왕벌이라면 먼저 공격하는 일은 없겠지만, 그냥 방치했다가 산장 안에 둥지라도 틀면 큰일이다. 역시 지금 확실하게 죽여야 한다.

침착한 걸음걸이로 말벌에게 다가가 레이스 커튼 위로 담배 연기를 내뿜었다. 움직이지 않으면 레이스 커튼으로 감싸서 듀퐁 라이터로 짓누르면 되고, 연기를 피해 옆으로 도망치면 두꺼운 암막 커튼으로 잡으면 된다.

그런데 예상과 달리 말벌은 격렬한 반응을 보였다.

날개를 파르르 떨면서 재빨리 날아오르더니 내 얼굴을 향해 곧장 돌진한 것이다.

순간 심장이 오그라들었지만, 말벌은 레이스 커튼에 부딪혀 더 이상 전진할 수 없게 되었다.

지금이다. 재빨리 두 손으로 커튼의 끝을 잡고 창문 쪽으로 밀었다.

그리고 레이스 커튼을 양쪽에서 잡아 팽팽하게 편 다음 유리창 쪽으로 밀어붙였다. 말벌은 안타까울 만큼 거세게 발버둥을 쳤지만 물론 도망칠 수는 없었다.

예상치 못한 역습을 받고 심장박동이 빨라졌다. 마음을 가라앉히기 위해 크게 심호흡을 했다. 괜찮다. 이제 걱정할 필요 없다. 잡았다. 이 녀석은 움직일 수 없다. 이제 숨통을 끊어놓기만 하면 된다.

그러나 다음 순간, 숨을 멈추었다. 두 손으로 레이스 커튼을 누르고 있는 상태에선 벌을 짓이겨 숨통을 끊어놓을 수 없지 않은가.

어쩔 수 없다. 비상수단을 사용하는 수밖에.

말벌을 향해 얼굴을 가까이 댔다.

분노에 사로잡혀 발버둥질하는 벌의 모습이 눈앞으로 다가왔다. 온몸의 털이 곤두서는 것 같았다.

전체적으로 노란색 바탕에 검은 줄무늬가 희미하게 보인다. 큰 턱으로 커튼을 물어뜯으려 하면서 엉덩이에서 독침을 빼내고 있다. 얇은 커튼을 뚫고 튀어나온 독침의 끝에서 투명한 독액이 떨어진다.

노랑말벌이다. 말벌 중에서 덩치는 제일 작지만 공격성은 제일 강해 인명 사고가 가장 많이 발생하는 벌이다.

독침의 정면에 얼굴을 두고 싶지 않아서 얼굴을 유리창에 대고 담배 끝으로 목표물을 노렸다. 이 커튼은 피스바 제품이다. 평범한 샐러리맨은 살 수 없을 만큼 비싸지만, 지금은 그런 것을 신경 쓸 때가 아니다. 커튼에 구멍이 나도 상관없다고 생각하면서 담뱃불로 노랑말벌을 짓눌렀다.

노랑말벌은 몇 초 동안 몸을 떨더니 더 이상 움직이지 않았다. 그리고 레이스 커튼을 누르고 있던 두 손에서 힘을 뺀 순간 바닥으로 툭 떨어졌다.

얼굴을 찡그리면서 말벌의 사체를 내려다보았다. 웅크린 말벌의 사체는 매우 작아 보였다.

그런데 몸집이 너무 작은 것이 문제일지도 모른다.

이 녀석은 어쩌면 여왕벌이 아니라 일벌이 아닐까?

몸길이는 2센티미터 정도밖에 되지 않는다. 여왕벌치고는 너무 작다. 아무리 노랑말벌이라도 여왕벌이라면 적어도 3센티미터는 넘지 않을까.

더구나 조금 전에 보여준 격렬한 공격성은 성격이 온화한 여왕벌의 행동이라고는 볼 수 없다.

하지만 그런 일이 있을 수 있을까? 시내라면 또 몰라도 이렇게 눈 쌓인 산 위에 아직 활동 중인 벌의 둥지가 남아 있는 것이……. 애초에 이렇게 해발고도가 높은 곳에 노랑말벌이 있는 것 자체가 이상하지 않은가.

그때 나의 예민한 청각이 다시 그 소리를 감지했다.

곤충의 날개가 파르르 떨리는 소리.

등골이 오싹해져 뒤를 돌아보자 노랑말벌 두 마리가 시야로 뛰어들었다. 한 마리는 나이트 테이블 위에 있는 와인병에 앉았고, 또 한 마리는 유유히 날고 있다.

역시 일벌이었다. 얼굴에서 핏기가 가셨다. 이 녀석들이 어디서 왔는지는 짐작도 할 수 없지만, 상황이 이렇다면 이 녀석들 말고 신참이 더 있을지도 모른다.

나도 모르게 무릎이 떨렸다. 여기에 있는 것은 자살행위나 마찬가지다. 지금 당장 어딘가로 도망쳐야 한다.

발소리를 죽인 채 방을 가로질러 조용히 문을 열었다.

2

문을 연 순간, 나는 눈을 꼭 감았다. B급 패닉 영화처럼 말벌 떼가 복도를 가득 메웠으리라고 생각했기 때문이다.

하지만 그것은 공포가 초래한 환상에 불과했다. 복도는 벌레 한 마리 없이 쥐 죽은 듯 조용했다. 중앙난방 시스템인 산장은 전체적으로 따뜻했지만, 살갗이 따끔거리는 불안과 긴장 탓인지 기묘하리만큼 싸늘하게 느껴졌다.

그때 등 뒤에서 날갯소리가 들렸다. 뒤를 돌아보자 조금 전에 본 두 마리 중 한 마리가 나를 향해 곧장 날아오고 있었다. 나는 황급히 복도로 나가 아슬아슬한 순간에 문을 닫았다.

심장이 격렬하게 방망이질하고 있다.

나를 목표로 날아온 것이 틀림없다.

왜지? 노랑말벌이 아무리 공격적이라고 해도, 둥지 옆이 아니면 함부로 사람을 공격하지 않을 텐데.

나는 흠칫 놀라 목욕가운을 내려다보았다. 어쩌면 이것 때문일지도 모른다. 목욕가운에 밴 와인 냄새가 벌을 끌어들이는 것일지도…….

그때 또 다른 날갯소리가 들렸다. 빌어먹을! 또 있단 말인가?

이번에는 바로 정면이었다. 복도 맞은편에서 말벌 한 마리가 정밀 유도탄처럼 일직선으로 날아왔다.

황급히 뛰어가려다 이미 도망칠 수 없다고 판단했다. 그리고 방향을 바꾸어 목욕가운을 벗었다.

말벌은 거의 눈앞에까지 다가왔다.

나는 목욕가운을 펼쳐서 투망처럼 던졌다. 그러자 타월지 목욕가운이 보자기처럼 펼쳐지더니 날아온 노랑말벌을 덮치며 바닥으로 떨어졌다.

눈에 핏발을 세우고 무릎을 꿇은 채 바닥에 펼쳐진 목욕가운을 살펴보았다. 어디지? 어디 있지? 살짝 부풀어서 움직이는 곳을 발견하면 그 위에 목욕가운을 겹쳐서 짓누를 생각이었다.

그때 목욕가운 끝자락에서 언뜻 노란색이 보였다.

말벌이 어떻게든 기어 나오려 하고 있다. 지금은 망설일 시간이 없다. 손을 보호할 만한 것을 찾을 때가 아니다. 잠시 망설이다 목숨을 빼앗기면 모든 것이 끝이 아닌가. 죽여라! 어서!

이를 악물고 움켜쥔 오른손으로 말벌을 때려잡았다. 말벌이 침으로 손을 쏠지도 모른다고 생각하면서.

다행히 그것은 쓸데없는 기우에 불과했다. 작은 곤충의 얇은 외골격은 내 주먹 밑에서 처참하게 찌부러졌다.

긴소매 셔츠에 트렁크 차림으로 잠시 망연히 주저앉아 있다가 퍼뜩 정신을 차렸다. 지금 주변에 다른 벌의 모습은 보이지 않는다.

잠에서 깬 이후 잇달아 믿을 수 없는 사태가 일어난 탓에 머리가 혼란스러웠다. 하지만 지금은 일단 모든 의식을 현실에 집중해야 한다. 어떻게 해서든 살아남아야 한다.

손으로 바닥을 짚고 천천히 몸을 일으켰다. 말벌은 소음에 예민하게 반응한다. 가능한 한 소리를 내지 않도록 조심해야 하는 것이다.

이런 경우에는 어떤 일부터 해야 할까? 해야 할 일의 우선순위를 생각해보자. 가장 먼저 해야 할 일은 대피할 곳을 찾는 것이다. 안전한 대피처를 확보하고, 그곳에서 외부에 도움을 요청해야 한다.

살금살금 복도를 걸어가 서재 앞에 섰다. 문이 닫혀 있었으니 이 안에는 벌이 침입하지 못했으리라.

그래도 신중하게 문을 열고 전기 스위치를 올렸다.

괜찮다. 어디에서도 벌의 날갯소리는 들리지 않는다. 안도의 한숨을 내쉬고 서재로 들어가 재빨리 문을 닫았다.

좋아, 여기라면 안전하리라. 다음은 휴대전화다. 요즘엔 이렇게 인적이 없는 곳에서도 휴대전화를 사용할 수 있으므로 휴대전화만 있으면 도움을 요청할 수 있다. 그런데 책상 위에 충전용 케이블만 놓여 있을 뿐, 가장 중요한 본체는 아무리 찾아도 보이지 않았다.

천천히 방 안을 둘러보았다. 예감이 좋지 않다.

그때 창가 테이블 위에 있는 데스크톱 컴퓨터가 눈에 들어왔다. 언뜻 보기에는 아무 이상 없다. 됐다. 이것만 있으면 외부에 연락할 수 있다.

그런데 컴퓨터의 전원 버튼을 눌러도 아무런 변화가 일어나지 않았다. 애초에 팬이 돌아가는 소리가 나지 않는다.

자세히 보니 컴퓨터의 전원 램프에 불이 들어오지 않았다.

어떻게 된 것일까? 방의 불이 켜진 것을 보면 정전은 아니고, 전원 차단기가 내려간 것도 아닐 텐데…….

책상 밑을 들여다보고서야 겨우 원인을 알았다. 컴퓨터의 전원 케이블이 없어진 것이다.

입을 다물 수 없었다. 이런 시기에 노랑말벌이 나타난 것도 이해할 수 없는데, 컴퓨터의 전원 케이블까지 없어지다니! 이것은 이미 우연이나 자연현상으로는 설명할 수 없지 않은가.

누군가가 나를 함정에 빠뜨린 것이다.

아니다. 나 자신을 속이는 일은 그만두자. 유메코다. 그렇다고 생각할 수밖에 없다.

한숨을 내쉬고 입술을 깨물었다.

하지만 지금은 느긋하게 범인을 찾을 때가 아니다. 일단 안전부터 확보해야 한다. 컴퓨터는 사용할 수 없다. 그렇다면 어떻게 해야 하는가.

만약 회선 자체에 손을 대지 않았다면 전화는 걸 수 있을지도 모른다.

서재에는 일반 전화기가 없다. 글을 쓰는 동안 전화벨 소리에 방해를 받고 싶지 않기 때문이다. 1층 거실에 오래된 자동응답기 겸용 팩스기가 있는 것이 떠올랐다. 최근에는 출판 분야도 디지털화가 진행되었지만, 지금도 교정지를 보낼 때는 팩스를 이용하는 일이 많다.

어쩔 수 없다. 지금은 말벌과 맞닥뜨릴 위험을 감수하고서라도 1층으로 내려가는 수밖에. 마음을 단단히 먹고 서재에서 나가려고 할 때, 벽 한쪽에 있는 서가가 눈에 들어왔다.

지금 가장 필요한 것은 정확한 정보가 아닌가.

내 소설에서는 가끔 가장 중요한 것은 정보라고 설파한다. 황야의 서바이벌을 그린 《버밀리언의 미로》에서도 결국 생사를 가른 것은 무기나 식량이 아니라 정보였다.

말벌에 관한 지식은 어느 정도 알고 있지만, 이런 일이 벌어지리라곤 상상도 하지 못했다. 이번 기회에 녀석들의 습성과 약점에 대해 완벽하게 알아두는 편이 좋을지도 모른다.

서가에 꽂혀 있는 책등을 눈으로 좇다가 《말벌 핸드북》이라는 책에서 시선이 멈추었다. 즉시 빼내서 휘리릭 들춰보았다. 농업이나 임업에 종사하거나 야외 활동을 많이 하는 이들을 위해, 말벌에게 피해를 당하지 않으려면 어떻게 해야 하는지 조언해 놓은 책이었다.

눈으로 활자를 좇으면서 뇌리에는 다른 글을 떠올렸다. 〈소설가는 두 번 죽는다〉, 주간지에 실린 에세이였다. 3년 전에 발표한 작품으로, 우연히 말벌에 쏘여 구사일생으로 목숨을 건진 전말과 퇴원할 때의 이야기를 쓴 것이다.

"아무쪼록 다시는 쏘이지 않게 조심하세요. 벌침은 처음에 쏘였을 때보다 두 번째 쏘였을 때가 훨씬 더 위험하니까요."

담당 여의사는 젊은 나이에 어울리지 않게 권태로운 목소리로 말했다.

"왜 두 번째가 더 위험하지요?"

여의사의 말을 납득할 수 없었다. 내성이 생겨 증상이 가벼워진다면 또 몰라도, 훨씬 더 위험하다는 것은 이상하지 않은가.

여의사는 그런 내 반응을 즐기듯 내 얼굴을 똑바로 쳐다보며 입을 열었다.

"벌 독이 무서운 건, 벌 독 자체보다 그것에 의해 생기는 알레르기 반응 때문이에요."

《말벌 핸드북》을 들추며 도움이 될 만한 내용을 허겁지겁 읽었다. 벌 독에 대해 자세히 설명해놓은 곳에는 성분표가 실려 있었다.

격렬한 통증을 일으키는 것은 히스타민이나 카테콜아민, 아세틸콜린 같은 활성 아민이지만, 특히 세로토닌은 발통성發痛性 아민 중에서 가장 통증이 심하다고 한다. 또한 말벌 독의 키닌이라는 발통성 펩티드에는 통증을 강화하고 혈압을 낮추는 작용을 하며 조직을 파괴하는 몇 종류의 효소와 신경독까지 들어 있다고 하는데, 정말로 무서운 것은 그다음이다. 에세이에도 그렇게 쓰여 있었다.

"벌에 처음 쏘이면 체내에서 벌 독 항체가 만들어지죠. 그리고 두 번째로 쏘이면 벌 독과 벌 독 항체가 처음보다 강한 항원 항체반응, 즉 알레르기 반응을 일으키게 돼요. 메커니즘은 화분증과 똑같지만, 벌 독의 경우에는 심한 중독 증상이 나타나 가끔 죽음에 이르기도 하죠. 이게 흔히 말하는 아나필락시스 쇼크예요."

여의사는 남의 이야기 하듯 편안하게 말했다.

"그러면 나도 다음에 다시 쏘이면 아나필락시스 쇼크가 일어나나요?"

"어느 정도일지 예측할 순 없지만, 안자이 씨의 경우 중증 아나필락시스 쇼크가 일어날 확률이 굉장히 높아요. 원래 천식이나 화분증 같은 지병이 있고 알레르기가 나타나기 쉬운 체질인데다, 처음에 이렇게 반응이 심한 걸 보면 다음엔 더 위험하다고 보는 게 맞겠지요. 처치가 늦으면 최악의 경우 목숨을 잃을 수도 있어요."

마치 말기 암 선고를 받은 듯한 기분이었다.

"어쨌든 절대로 말벌에게 가까이 가지 마세요. 말벌 말고 다른 벌도 위험해요. 지네도 독성분은 비슷하니까 물리지 않도록 조심하고요."

"하지만 아무리 조심해도 이 세상에 절대적이라는 건 없잖습니까. 만에 하나 벌에 쏘인 경우엔 어떻게 해야 하죠? 좋은 약은 없나요?"

나로서는 최대한의 항의였다.

여의사는 말없이 컴퓨터 화면을 향하더니 타다닥 약품명을 입력했다.

"그러면 에피펜을 처방해드릴게요. 벌에 쏘였을 때 직접 주사를 놓을 수 있는 기구예요. 하지만 이건 어디까지나 위급한 경우의 임시방편이라고 할까, 최후의 수단에 불과해요. 잔소리처럼 들릴지도 모르겠지만 아무튼 다시 벌에 쏘이지 않도록 조심하세요. 아셨죠?"

《말벌 핸드북》에는 에피펜에 대한 설명도 있었다. 에피네프린, 즉 아드레날린이 들어 있는 간이형 주사기로, 혈압을 높임으로써 아나필락시스 쇼크로 인해 혈압이 갑자기 떨어져 죽음에 이르는 것을 막는 작용이 있다.

길이 15센티미터 정도의 플라스틱 통에 불과하지만, 위급할 때는 파란색 안전 캡을 벗기고 오렌지색 끝부분을 허벅지에 대고 누르면 된다. 그러면 바늘이 튀어나와 에피네프린이 몸속으로 들어가게 되어 있다.

그렇다, 에피펜이다. 벌에 쏘일 경우에 대비해 지금 당장 에피펜을 찾아야 한다.

퇴원한 이후, 한 번도 몸에서 떼어놓지 않고 에피펜을 가지고 다녔다. 지금은 어디에 있을까? 설마 이런 눈 내리는 산 위에서 그게 필요하리라곤 생각지도 못했지만…….

아무리 기억을 더듬어도 에피펜을 어디다 두었는지 떠오르지 않았다.

어쩔 수 없다. 지금은 일단 에피펜을 뒤로 미루고, 1층으로 내려가는 수밖에…….

복도 쪽으로 귀를 기울이며 조용히 서재 문을 열었다.

오랫동안 지낸 산장의 복도가 마치 처음 보는 곳처럼 낯설고, 에일리언이 똬리를 틀고 있는 우주선처럼 소름 끼치게 느껴졌다.

3

오감을 예리하게 곤두세우고 사방팔방에 신경을 쓰면서 한 걸음을 내딛었다. 차가운 원목 마루가 맨발에 닿았다. 벌이 내는 희미한 날갯소리를 알아듣지 못하면 목숨을 빼앗기게 된다. 무기는 단 하나, 둘둘 말아 쥔 《말벌 핸드북》뿐이다.

젠장! 이럴 줄 알았으면 벌을 때려잡기 좋은 책을 한 권 가지고 나오는 건데…….

후회가 가슴을 스쳤지만 그렇다고 되돌아갈 수는 없다.

바닥을 스치듯이 걸으면서 복도를 지나 조용히 계단을 내려갔다.

괜찮다. 아직 말벌은 보이지 않는다.

이제 모든 것은 전화를 걸 수 있느냐, 없느냐에 달렸다.

낡은 팩스기는 분명히 거실 반대편의 고풍스러운 장 위에 있을 것이다.

됐다. 팩스기가 있다. 전화선만 없어지지 않았다면 즉시 도움을 요청할 수 있다. 종종걸음으로 팩스기에 다가간 순간, 나는 숨을 집어삼켰다.

램프가 켜진 것을 보면 전원은 들어온 것 같은데, 수화기와 본체를 연결하는 코드가 보이지 않았다. 이래서는 상대와 이야기를 할 수 없지 않은가.

아니, 진정해라. 본체 스피커를 통해 통화할 수 있을 것이다.

수화기를 들고 110에 신고하기 위해 1번 버튼을 눌렀다.

틀렸다. 아무런 반응이 없다. 스피커는 물론이고 그 외의 버튼도 작동하지 않는다. 이래서는 여기서 전화를 걸 수 없고, 걸려 온 전화를 받을 수도 없다.

그것은 컴퓨터의 전원 케이블이 사라진 것 이상으로 생생한 악의惡意의 증거였다. 범인이 일부러 팩스기 속 배선에 손을 댔다고 볼 수밖에 없기 때문이다.

잠시만…….

전화를 걸지 못하게 하려면 팩스기를 가져가면 된다. 그런데 왜 이렇게 복잡한 짓을 했을까?

이유는 한 가지밖에 없다. 팩스기를 가져가면 누군가 전화를 걸었을 때 이런 메시지가 나올 것이다.

"고객님께서 지금 거신 전화번호는 전화기가 꺼져 있거나 사용 가능한 상태가 아니므로 연결이 되지 않습니다."

그러면 상대가 이상하게 여기고 신고할 수도 있기 때문이 아닐까.

빌어먹을! 이런 짓을 하다니! 나도 모르게 발끈해서 팩스기를 때려 부수고 싶은 충동에 사로잡혔지만 가까스로 자제했다.

분노에 휩싸인 채 팩스기를 때려 부숴봐야 상황은 좋아지지 않는다. 물론 '사용 가능한 상태가 아니다'라는 메시지가 나오면 이 함정을 만든 범인의 의도를 무너뜨릴 수 있을지도 모른다. 아무도 전화를 걸지 않는다면 결국 소용이 없겠지만⋯⋯. 일단 회선 자체는 살아 있는 것 같으니 어떻게든 이용할 수 있는 방법을 생각하는 편이 좋으리라.

그렇게 생각하고 팩스기를 살펴보자 회선의 삽입구 옆에 있는 슬라이드식 전환 스위치가 눈에 들어왔다. PB, 10, 20이라는 세 개의 각인 중에 20에 맞춰져 있다. 설마 이것까지 위장하지는 않았으리라.

⋯⋯그렇다면 전화를 걸 수 있을지도 모른다.

가슴속에서 뜨거운 불덩어리가 솟구쳤다. 《11월의 조종弔鐘》이라는 작품에서 사용한 기술이 떠오른 것이다. 유메코의 머리로는 상상도 할 수 없는 방법이다.

이 팩스기와 이어진 것은 옛날식 펄스 회선이다. 다이얼식 전화기 시대부터 변하지 않은 시스템으로, 다이얼을 돌리면 숫자와 똑같은 횟수만큼 전류가 끊긴다. 예를 들어 3을 돌릴 때 10펄스 방식이라면 1초에 세 번, 20펄스 방식이라면 1초에 여섯 번 전류가 끊기고, 전환기는 그 횟수를 숫자로 인식한다.

즉 다이얼을 돌리지 않고도 수화기를 올려놓는 혹 버튼을 두 들겨서 순간적으로 전류를 차단하면 숫자를 입력할 수 있는 것이다.

그래, 생각났다. 《11월의 조종》에서는 범인에게 붙잡혀 폐건물 안에 갇혀 있던 사립 탐정이 발을 이용해 고장 난 전화기로 전화를 건다. 그때의 설정과 똑같이 하면 된다.

그러면 110에 전화를 걸기 위해선 어떻게 하면 되는가. 전환 스위치가 20에 맞춰져 있는 것을 보면 이 팩스는 20펄스 회선으로 이어져 있다는 뜻이다. 즉 1을 입력하기 위해선 혹 버튼을 1초에 두 번 누르면 된다. 그러면 0의 경우는?

……1초에 스무 번을 눌러야 한다.

그런 일이 가능할 리 없지 않은가!

내 입에서 나지막한 신음 소리가 흘러나왔다.

애초에 범죄 신고는 왜 111이 아니라 110인가? 다이얼을 돌릴 때 마지막 숫자 0에서 마음을 가라앉히게 하기 위해서라고 들은 적이 있는데, 공무원의 어리석은 잔꾀에 새삼스레 분노를 금할 수 없다. 다급할 때에는 조금이라도 빨리 전화를 거는 편이 좋지 않은가.

빌어먹을! 《11월의 조종》의 주인공은 대체 어디로 전화를 걸었더라?

……분명히 도호쿠[東北] 지역에서 상경한 천애고아인 호스티스의 아파트였다. 물론 소설에 구체적인 전화번호까지는 쓰지 않았다. 우연히 작은 숫자만 있었던 것일까?

그래도 어딘가와 통하기를 기대하며 한동안 정신없이 훅 버튼을 때려보았지만, 쓸데없는 짓이라는 사실을 깨닫고 맥이 빠졌다. 가령 상대가 전화를 받는다고 해도 내 목소리는 들리지 않을 테니 장난 전화라고 여길 것이 뻔하다.

하지만 110은 다르다. 내 목소리가 들리지 않아도 무슨 일이 있을지 모른다고 생각해 출동할 가능성이 있는 것이다.

그때 내 귀가 다시 독특한 날갯소리를 포착했다.

흠칫 놀라 뒤를 돌아보자 말벌 한 마리가 거실로 들어오는 참이었다.

살며시 수화기를 내려놓고 조용히 뒷걸음질했다.

말벌은 소음에 민감하다. 달칵달칵 하는 훅 버튼 소리를 듣고 날아온 것이리라.

다행히 말벌은 일직선으로 다가오지 않고 원을 그리며 천천히 날고 있다. 2층에서 습격했을 때처럼 목욕가운에 묻은 와인 냄새를 맡은 것은 아닌 듯하다.

그래, 지금이라면 도망칠 수 있다.

이대로 거실을 가로질러서 현관을 통해 밖으로 나가자. 이렇게 추운 날씨에는 말벌도 밖에까지 쫓아올 수 없을 것이다. 물론 나 자신도 밖에 오래 있을 수는 없겠지만.

그때 현관 벽에 있는 열쇠 보관함이 머리에 떠올랐다.

그 안에 자동차 열쇠만 있으면……

나를 함정에 빠뜨린 용의주도한 범인이 그렇게 어설픈 짓을 저질렀을 리 만무하다. 하지만 밑져야 본전이니 한번 확인해볼 필요는 있으리라.

말벌의 시야에서 벗어난 것을 확인하고 몸을 낮춘 채 엉금엉금 기었다. 조금 전에 《말벌 핸드북》에서 읽은 지식이 도움이 됐다. 말벌은 눈이 위쪽에 붙어 있어서 위쪽은 잘 보이지만 아래쪽은 잘 보이지 않는다고 한다. 그럼 소리만 내지 않으면 들키지 않고 지나갈 수 있지 않을까?

포복 전진을 하듯 카펫 위에서 천천히 이동하기 시작한 순간, 돌연 싸늘한 공기를 뚫고 팩스기의 호출음이 울려 퍼졌다.

깜짝 놀라 펄쩍 뛰어오를 뻔했지만 그것은 말벌도 마찬가지였다. 말벌은 즉시 내 쪽을 향해 날아왔다. 어디선가 한 마리가 더 나타나 팩스기 위를 날기 시작했다.

호출음이 일곱 번 울리고 나서 팩스기는 자동 응답 시스템으로 바뀌었다. 스피커에서 남자의 목소리가 흘러나왔다.

"여보세요. 안자이 선생님, 다케마쓰입니다. 실은 지금 나가노에서 다른 건을 취재 중인데, 일정이 하나 취소됐거든요. 그래서 갑작스럽긴 하지만 혹시 산장에 가도 될까요? 두 시간이면 갈 수 있을 것 같습니다. 눈 때문에 길이 미끄러우면 조금 더 걸릴 수도 있고요. 눈이 너무 많이 쌓여서 도저히 갈 수 없으면 나중에 다시 전화 드리겠습니다."

타이밍 하나 제대로 못 맞추는 녀석 같으니! 마음속으로 화를 냈다. 마치 기회를 노린 것처럼 지금 전화할 필요는 없지 않은가.

그러나 도중에 저주의 말을 집어삼켰다. 이것은 천재일우의 낭보가 아닌가. 다케마쓰가 오기만 하면 살 수 있다. 그때까지만 버티면 된다.

조심조심 기어 그 자리에서 멀어지려 했지만, 팩스기의 소리가 끊기자 벌의 신경이 다른 곳으로 향했다. 다시 커다란 원을 그리며 거실 위를 날기 시작한 것이다.

날갯소리가 다가온 것을 느끼고 눈을 들었다. 말벌 한 마리가 3미터쯤 떨어진 허공에 멈추어 있다. 큰일이다. 이번에는 정말로 들킨 것 같다.

《말벌 핸드북》을 꽉 쥐었다. 젠장. 이것보다 나은 무기는 없는 것인가. 나지막한 거실 테이블을 더듬자 손끝에 가볍고 딱딱한 것이 닿았다. TV 리모컨이다.

순간적으로 전원 버튼을 누르자 거실 맞은편 벽에 걸린 대형 TV에서 소리가 났다. 됐다! 이제 말벌의 신경은 TV 쪽으로 쏠릴 것이다.

그러나 어찌 된 일인지 TV에서는 소리가 나오지 않았다.

고개를 들고 슬쩍 쳐다보자 화면 가득히 장기판이 비쳤다.

위성방송의 바둑·장기 채널이다. 화면이 바뀌면서 얼굴을 부채질하는 부스지마의 무표정한 얼굴이 클로즈업되었지만, 여전히 소리는 나오지 않았다.

왜 하필이면 이렇게 조용한 프로그램이지? 패닉에 휩싸인 채 연신 버튼을 눌렀지만, 각도가 좋지 않은 탓인지 이번에는 적외선이 닿지 않았다.

벌은 음침한 날갯소리를 내며 서서히 다가오고 있었다. 큰일이다!

정신없이 버튼을 누르자 돌연 화면이 바뀌었다. 이번에는 지상파의 아침 와이드 쇼인 듯하다.

"이럴 수가! 말도 안 돼! 이런 일은 있을 수 없어요! 아아, 맙소사! 어떻게 이런 일이!"

거칠고 투박한 목소리가 거실을 가득 메웠다. 그 즉시 말벌은 방향을 바꾸어 TV 쪽으로 향했다.

화면에 등장한 사람은 시끄럽기만 할 뿐, 지금까지 한 번도 재미있다고 생각한 적이 없는 코미디언이지만, 이때만은 구세주처럼 빛나 보였다.

굉장해! 역시 당신은 최고의 코미디언이야! 그 크고 경박한 목소리가 이렇게 좋을 줄은 미처 몰랐어. 앞으로는 진심으로 응원할게.

마음속으로 그렇게 중얼거리며 현관 쪽으로 도망치려는 순간, 정면에서 다른 벌이 우르르 몰려오는 것이 보였다.

빌어먹을 녀석! 넌 역시 아무짝에도 쓸모없는 녀석이야!

마음속으로 마구 욕설을 퍼부었다. 그 멍청한 코미디언이 계속 시끄럽게 떠들어대는 통에 새로운 벌이 몰려든 것이다. 너 같은 녀석은 당장 꺼져버려!

벌이 없는 방향은 조금 전에 내려온 계단뿐이다. 엉금엉금 기어서 거실을 빠져나간 후 그대로 몸을 낮추어 계단을 뛰어 올라갔다.

그때 내 가슴 부근에서 피어오르는 냄새를 맡고 흠칫 놀랐다. 와인의 얼룩은 목욕가운만이 아니라 셔츠에까지 침투해, 체온에 의해 기체로 변하고 있었다. 냄새를 맡아보자 휘발성 용액 같은 기이한 냄새가 섞여 있는 것이 느껴졌다. 어쩌면 이 얼룩의 정체는 와인만이 아닐지도 모른다.

어쨌든 이 액체는 피부에도 묻어 있으리라. 이것이 벌을 끌어들이는 원흉이라면 한시라도 빨리 씻어내야 한다.

더구나 조금 전부터 오른손 새끼손가락의 바깥쪽이 간지럽기 시작했다. 2층에서 목욕가운 밑에서 기어 나오려 하는 벌을 짓이겼을 때, 벌의 체액이 살짝 묻었을지도 모른다.

2층 복도를 살금살금 걸어가 세면장 겸 탈의실에 도착했다.

그때 등 뒤에서 다시 저주스러운 날갯소리가 들렸다. 이번에는 한두 마리가 아니라 몇 마리나 되었다.

재빨리 세면장 문을 열고 안으로 뛰어들어 간발의 차이로 문을 닫았다.

……라고 생각했지만 재빨리 한 마리가 들어왔다.

벌은 작은 체구에 어울리지 않게 고압적인 태도로 세면장 안을 날아다녔다.

바닥에 주저앉아 벌을 뚫어지게 노려보았다. 만약 습격한다면 이판사판으로 《말벌 핸드북》을 이용해 때려죽이는 수밖에 없다.

출구를 잃어버린 벌은 조바심이 나는지 안절부절못하는 것 같았다. 식은땀이 흐른다. 이대로 있으면 조만간 전면 대결을 치르게 될 것이다. 그렇다고 놓아주기 위해 문을 열 수도 없다. 자칫하면 복도에서 우글거리는 벌 떼까지 초대할 가능성이 높기 때문이다.

무엇이든 좋으니까 무기가 될 만한 것이 없을까?

세면장 안에 살충제 같은 것은 보이지 않았다. 있는 것이라곤 오직 비누와 샴푸, 중성세제 정도다. 날개에 세제를 뿌리면 날

수 없을까? 하지만 바퀴벌레라면 몰라도, 날아다니는 벌에게 세제를 뿌리는 것은 매우 어려운 일이다. 최소한 스프레이라도 있으면 좋으련만.

그때 안성맞춤인 물건이 시야로 뛰어들었다.

헤어스프레이다! 이것이야말로 내가 그토록 원하던 것이 아닌가. 물론 살충 성분은 들어 있지 않지만 접착력은 상당히 강할 것이다.

벽에 등을 붙이고 천천히 일어섰다. 벌과 얼굴의 거리가 가까워졌지만 어쩔 수 없다. 벽에 달라붙은 채 헤어스프레이가 있는 선반 쪽으로 조심스레 이동했다.

바닥에 납작 엎드려 있던 사람이 일어선 것을 자신에 대한 도전으로 받아들였는지, 벌은 몇 번이나 얼굴을 스치듯 날면서 위협했다.

벌아, 벌아, 그렇게 화내지 마. 나는 네 적이 아니야. 그냥 여기에 가져가고 싶은 게 있을 뿐이야. 금방 끝나니까 잠깐만 참아줄래?

최대한 말벌을 자극하지 않도록 신중하게 손을 내밀어 선반에서 헤어스프레이를 집어 드는 데 성공했다.

가부토야 남성용 스프레이 엑스트라 하드 타입. 옆면에는 '속건성 경질 폴리머가 들어 있는 스프레이 정발제'라고 쓰여 있다. 나는 뚜껑을 열고 스프레이 통을 흔들었다.

"오래 기다리셨습니다. 이거나 받아라!"

그렇게 소리치며 날아다니는 벌을 향해 헤어스프레이를 분사했다. 벌은 즉시 딱딱하게 굳어 추락……하리라고 생각했지만, 애석하게도 너무 작아 맞힐 수가 없었다. 자극적인 냄새를 맡고 흥분한 벌이 반격하기 시작했다.

얼굴을 향해 날아온 벌을 간발의 차이로 피하고 바닥에 엉덩방아를 찧었다. 순간 등골이 오싹해졌지만 간신히 정신을 차리고 다시 공격하려는 벌을 향해 스프레이를 뿌렸다. 그러나 벌은 이번에도 아슬아슬하게 피했다.

빌어먹을! 이를 부득부득 갈았다. 선제공격은 실패로 끝났다. 이렇게 되면 당분간 수비 중심으로 돌아서서, 벌이 가까이 접근했을 때 헤어스프레이로 카운터 공격을 하는 수밖에 없다.

벌의 접근을 막으면 쏘일 위험성은 크지 않지만, 그렇게 소극적으로 싸워서는 언제 잡을지 알 수 없다.

그러나 공중에 분사한 헤어스프레이는 서서히, 그리고 확실히 벌의 날개로부터 자유를 빼앗았다. 끈적끈적한 정발제에 눈이 아프고 숨도 막혔지만, 벌이 가까이 다가올 때마다 헤어스프레이를 이용해 끈질기게 기선을 제압했다.

이윽고 스프레이 통이 가벼워졌다. 헤어스프레이를 다 사용하면 어떻게 해야 할까? 그런 걱정이 들기 시작했을 때, 겨우 눈에 띄는 효과가 나타나기 시작했다.

무거워진 날개를 움직이느라 지쳤는지 벌이 세면대의 유리 위에 앉은 것이다.

그래, 그래, 좋아, 좋아.

그렇게 잔뜩 분사했는데 효과가 없을 리 없지.

고개를 끄덕이며 천천히 몸을 일으켰다. 그리고 헤어스프레이를 한 손에 들고 가까이 다가갔다.

벌은 여전히 움직이려 하지 않았다. 마치 잔 펀치를 계속 맞고 그로기 상태에 빠진 권투 선수처럼 가만히 앉아 있을 뿐이었다. 조금 떨어진 곳에서 헤어스프레이를 뿌리며 상황을 살펴보았다.

괜찮다. 역시 움직이지 않는다. 아니, 움직일 수 없는 것이다. 다시 헤어스프레이를 분사하면서 조금씩 다가갔다. 점점 눈이 가렵고 목이 맵싸했지만 지금은 참는 수밖에 없다.

벌은 이제 미동조차 하지 않았다. 다시 가까운 거리에서 헤어스프레이를 뿌렸다. 벌은 이미 날아오를 기력조차 남아 있지 않은 듯했다.

꼴좋다. 다시 헤어스프레이를 뿌리자 벌은 투명한 접착제 같은 것으로 뒤덮인 채 완전히 딱딱해졌다. 헤어스프레이 통으로 벌의 몸통을 짓누르고 세면대에 넣었다. 물을 틀어 벌의 사체를 떠내려 보내려 했지만 배수구의 여과기에 걸리고 말았다.

아직 앞발을 미세하게 움직이고 있다.

세면대 앞에 섰다. 거울에 비친 비지땀을 흘리는 내 얼굴을 보고 즉시 눈길을 돌렸다. 두 손으로 물을 받아 얼굴에 뿌렸다. 겨우 한 마리를 처리하는 데 이렇게 많은 땀을 흘리다니. 이럴 줄은 상상도 하지 못했다.

심장은 지금도 격렬하게 방망이질하고 있다.

침착해라. 평정심을 되찾아야 한다. 일단 몸에 묻은 와인 얼룩, 즉 벌 유인제를 씻어내야 한다. 대책은 그다음에 생각해도 늦지 않는다. 멈칫거리며 욕실 문을 열었다.

나도 모르게 입에서 안도의 한숨이 새어 나왔다. 욕실 안에는 벌이 보이지 않았다.

욕실 한가운데에 떡하니 자리 잡은 것은 잭슨사社의 거대한 원형 욕조였다. 이것 하나만 해도 새 폴크스바겐 폴로를 족히 살 수 있는 가격이다.

배수구 마개를 닫고 뜨거운 물을 틀었다. 최신형 욕조와 달리 대중목욕탕에나 있을 법한 투 핸들용 혼합수 꼭지에는 세월의 때가 묻어 있다. 냉수와 온수의 핸들을 모두 돌리면 적당한 온도의 물이 나오고, 온수 핸들만 돌리면 뜨거운 물만 나오도록 되어 있다.

욕조 옆에 있는 초록색 샤워 젤을 듬뿍 뿌리자 배관을 진동시키며 솟구치는 온수의 굉음과 함께 순식간에 거품이 부풀어오르고, 마음을 안정시키는 허브 향기가 떠다녔다.

팽팽하던 긴장이 풀리자 더 이상 서 있을 수 없어서 그 자리에 주저앉았다.

왼손으로 관자놀이를 문질렀다. 그제야 겨우 사태를 분석할 여유가 생겼다.

내가 왜 이런 꼴을 당하고 있는가.

지금도 인정하고 싶지 않지만 유메코가 관여한 것은 분명하다. 내가 잠든 사이에 제삼자가 소리도 내지 않고 침입해서 그녀를 납치하는 것은 불가능하니까.

그렇다면 이런 일을 그녀 혼자 꾸몄을까?

그런 일은 있을 수 없다. 대체 어떻게 산장 안에 노랑말벌을 들여놓았을까? 더구나 이렇게 추운 계절에 활동하게 하다니. 의문은 산더미처럼 쌓였지만, 어쨌든 그녀 혼자 이런 일을 꾸몄다고는 생각할 수 없다. 반드시 협조자가 있을 것이다.

그 사람이 누군지는 어렴풋이 짐작이 갔다.

그자다. 이름은 분명히…… 미사와 마사히로. 처음 만났을 때부터 기묘한 녀석이라고 생각했다.

"실례지만 안자이 선생님이시죠? 《사신의 노크》를 읽었는데, 너무 재미있어서 밤새워 하루 만에 다 읽었습니다."

3, 4년쯤 됐을까? 대형 출판사에서 주최하는 신인 문학상 시상식 파티였다. 파티장은 수많은 사람이 몰려 발 디딜 틈이 없었다. 편집자나 작가뿐 아니라 정체를 알 수 없는 사람도 여기저기 섞여 있었다.

그 무렵엔 초대하지 않았는데도 무작정 참석하는 무법자가 많았다. 출판 관계자라는 명함만 내밀면 누구라도 들어갈 수 있었기 때문이다. 파티 무법자들이 당당하게 먹고 마시면서 작가들과 담소를 나누는 광경도 흔히 볼 수 있었다.

그자는 히죽히죽 웃으면서 가까이 다가왔다.

긴 머리칼은 기름기가 없고, 이목구비가 뚜렷한 얼굴은 적당히 햇볕에 그을었다. 하얀 티셔츠 위에 플란넬 재킷을 걸치고 청바지를 입은 편안한 차림이었다.

지금 생각해보면 소박한 차림도 주도면밀하게 계산한 것이었다. 꾸밈없는 순수한 젊은이라는 캐릭터를 연기하기 위한……

"그렇게 말씀해주시니 기쁘긴 하지만《사신의 노크》는 평판도, 판매율도 최악에 가깝습니다."

때마침 안자이 도모야는 어두운 작풍이 매너리즘에 빠졌다는 이야기를 듣던 시기로,《사신의 노크》도 일부에서 혹평을 했다. 유메코의 작품이 TV의 모 프로그램에서 거론한 것을 계기로 그림책으로서는 이례적으로 베스트셀러 순위에 들어간 것과는 대조적이었다.

"그래요? 이거 의외인데요. 아, 죄송합니다. 저는 미사와 마사히로라고 합니다. 신세기 대학교에서 곤충의 광주성光周性과 계절 적응에 관한 연구를 하고 있지요."

미사와는 그렇게 말하면서 명함을 건넸다.

"대학교수인가요?"

"네. 아직 조교지만요."

마음속으로 고개를 갸웃거렸다. 연구원 타입으로는 보이지 않았던 것이다. 나이는 30대 초반쯤 됐을까? 그 나이에 이제 조교라면 출세가 빠른 편이라곤 할 수 없으리라.

미사와는 입가에 웃음을 매단 채 계속 자신의 일에 대해 말했다. 스스로 곤충 마니아라고 소개하면서, 매일 실험에 필요한 곤충을 기르느라 정신이 없다고 했다. 곤충의 종류도 빨간집모기부터 잎말이나방, 메뚜기, 진디, 풀멸구 등 매우 다양하다고 한다.

"최근에는 헤보의 사육과 실험에 푹 빠져 있지요."

"헤보요?"

"이런, 죄송합니다. 땅벌입니다. 신슈 지역에서는 식용으로 먹기도 하는데, 거기서 헤보라고 하지요."

미사와는 땅벌에 대해 열심히 설명했다. 성질이 온순해 웬만한 일로는 사람을 쏘지 않지만, 반면에 기르긴 상당히 어렵다고 한다.

"야외에서 채취한 벌집을 이식하는 건 간단하지요. 하지만 여왕에게 처음부터 둥지를 만들게 하려면 나름의 테크닉이 필요합니다."

"어떤 테크닉 말인가요?"

"일단 여왕을 저온 처리해야 하지요. 그렇게 하지 않으면 둥지를 만들지 않으니까요. 자연 상태에서도 여왕이 둥지를 만드는 건 겨울잠에서 깨어난 다음이거든요."

"벌은 기온이 내려가면 겨울이 되었다고 생각하나요?"

"그건 확실하지 않습니다. 이건 모든 곤충에 해당하는 이야기로, 곤충이 계절을 인식하는 것은 기온보다 오히려 일조 시간이지요. 눈과 피부에 있는 추상감각자錐狀感覺子란 것으로 햇빛을 감지하고 태양의 변화를 읽어내거든요."

미사와의 화술은 교묘해서 전문적인 이야기임에도 나도 모르게 정신없이 빨려 들어갔을 정도다.

"……땅벌에 비해 노랑말벌은 난폭한 대신 조금 거칠게 다루어도 괜찮지요. 가장 난폭한 것은 장수말벌입니다. 어떤 곳에 풀어놓아도 태연하고, 둥지 두 개를 나란히 두면 하나로 만들 만큼 둔하기도 하지요."

"흐음, 먹이론 무엇을 주나요?"

"주로 밀웜이나 누에, 귀뚜라미 같은 살아 있는 벌레를 주는데, 말린 생선이나 스팸 같은 걸 주어도 상관없습니다. 에너지원으로는 설탕물도 괜찮고요."

잠시 후, 그는 일방적으로 혼자 떠들었다는 사실을 알아차린 모양이다.

"죄송합니다. 시시한 이야기를 장황하게 늘어놓아서요."

"그건 괜찮지만……. 이 파티에는 어떻게……."

"얼마 전에 책을 한 권 냈거든요. 《곤충들의 해시계》란 책인데, 유감스럽게도 판매율은 바닥에서 헤매고 있지요."

"제목은 나쁘지 않은데, 약간 박력이 없다고 할까요?"

그때 허리까지 내려오는 꽃무늬 블라우스에 바지를 입은 유메코가 가까이 다가왔다.

미사와가 유메코를 힐끔 쳐다보았다. 그 시선을 보고 나는 고개를 갸웃거렸다. 아무리 봐도 예전부터 아는, 그것도 상당히 친한 사람을 보는 듯한 시선이었다.

"미사와는 옛날부터 당신의 열렬한 팬이거든요."

의아한 시선을 느꼈는지 유메코가 선수를 치듯 말했다.

"미사와? 아는 사람이야?"

"실은 고등학교 때 같은 반이었어요. 옛날부터 곤충 마니아로 유명했죠. 완전 별종이었어요."

유메코가 미소를 지으며 말하자 미사와는 과장되게 머리를 긁적였다.

"이거 너무한데. 뭐, 맞는 말이니 반박할 수는 없지만."

그러고 보니……. 유메코는 글도 쓰고 그림도 그리는 작가로 일부에서 높은 평가를 받고 있지만, 《사는 것, 살리는 것》으로 시작한 '길쭉다리 동맹' 시리즈의 주인공은 모두 곤충이다. 혹시 이 남자에게 영향을 받은 게 아닐까?

미사와의 차림을 찬찬히 뜯어보았다. 플란넬 재킷은 캐시미어 같고 청바지는 새것 같았지만, 바짓단 밑으로 보이는 신발의 뒤꿈치는 흠집이 있는 데다 좌우가 불균형하게 닳은 것이 마음에 걸렸다.

이야기를 하는 세 사람의 모습은 마치 젊은 커플과 그들의 상사처럼 보였다. 멍하니 그런 생각을 하다 정신이 들었을 때는 미사와를 집에 초대해 식사를 대접하기로 되어 있었다.

유메코는 미사와와 바람을 피웠을까?

확실한 증거는 없지만 지금의 상황으로 보면 그렇다고 생각할 수밖에 없다. 미사와는 땅벌의 계절 인식을 연구하는 중이었으니 산장의 실내를 따뜻하게 함으로써 한겨울에도 노랑말벌이 활동하도록 할 수 있었을 것이다.

더구나 노랑말벌의 성격이 아무리 공격적이라고 해도, 아까부터 보이는 난폭함은 도가 지나치다. 미사와가 약품을 사용해 노랑말벌의 공격성을 높였을지도 모른다.

그런데 왜 이렇게 복잡한 짓을 한 것일까?

욕실 안에 수증기가 가득 차고 몸이 조금씩 따뜻해졌다. 나는 입이 찢어져라 하품을 했다.

나를 죽이고 싶다면 잠든 사이에 얼마든지 해치울 수 있었을 것이다.

그런데 일부러 내가 가장 두려워하는 말벌을 이용하다니. 거기에 특별한 의도가 숨어 있다고 생각할 수밖에 없었다. 내게 고통을 주고 싶기 때문일까? 설마! 유메코가 내게 그렇게까지 깊은 원한을 품을 이유가 있을까?

거품이 욕조를 가득 채워 잘 보이지 않지만, 이 정도면 충분히 따뜻해졌으리라. 수도꼭지를 잠그고 물의 온도가 일정해지도록 왼손을 넣어 휘저었다. 그리고 속옷을 벗고 킹사이즈의 욕조에 들어갔다.

뜨거운 물의 따끔따끔한 자극이 발끝에서 기어 올라왔다. 거품 속에 천천히 몸을 담그자 차갑게 굳은 근육이 따뜻해지면서 피가 힘차게 돌기 시작했다.

코앞의 위기는 사라졌지만 불안은 오히려 강해졌다. 뭐니 뭐니 해도 지금만큼 무방비한 상황은 없다. 알몸으로 말벌과 대치한다고 생각하니 따뜻한 물에 잠겨 있는데도 온몸의 털이 곤두섰다. 순간 나도 모르게 접이식 욕실 문을 뚫어지게 쳐다보았다.

괜찮다. 문은 완전히 밀폐되어 벌이 들어올 수 있는 틈은 어디에도 없다. 그 너머에 세면장 문이라는 방벽이 있기 때문에, 욕실은 벌에게서 이중으로 격리되어 있는 것이나 마찬가지다.

그제야 마음을 놓고, 거대한 아크릴 욕조 안에서 손발을 마음껏 뻗었다.

……똑같이 목욕을 하는데 이렇게 다를까? 나는 작게 한숨을 내쉬었다.

어릴 때 다니던 대중목욕탕은 널찍하고 기분이 좋았지만, 갈 때와 올 때 10분씩이나 걸어야 해서 한겨울에 집에 도착하면 몸이 차갑게 얼어붙곤 했다. 초등학교에 다닐 때 처음으로 집에 나무 욕조가 생겼다. 지금은 나무 욕조라고 하면 고급품이라는 이미지가 있지만 당시만 해도 노송나무 냄새는 털끝만큼도 나지 않는 평범한 나무 욕조였다. 더구나 오래 사용하는 사이 나무껍질이 일어나서 무의식중에 그것을 벗기다 부모님에게 호되게 야단맞은 기억이 있다.

그 뒤를 이은 빛바랜 파란색 법랑 욕조가 뇌리에 떠올랐다. 그 욕조는 너무도 작은 탓에 다리를 뻗을 수 없어서 무릎을 끌어안고 가만히 앉아 있는 수밖에 없었다. 그것은 비참한 삶을 상징하는 자세이기도 했다…….

고개를 세차게 흔든 다음, 조금 전에 분사한 헤어스프레이가 덕지덕지 묻어 있는 안경을 벗어 렌즈를 씻었다. 이제 그만해라. 현실도피에 젖어 있을 시간이 없다.

거품에 파묻히면서 받침대에 머리를 올려놓은 채 눈을 감고 정신을 집중했다.

그러자 바닥에 떨어져 있던 유메코의 목욕가운이 뇌리에 떠올랐다.

……유메코는 예민하다기보다 강박증에 가까운 성격이다. 보통 때 같으면 벗은 옷을 그런 상태로 방치해둘 리 없다.

그렇다면 왜 그렇게 했을까? 가만히 눈을 감았다.

유메코가 황급히 목욕가운을 벗는 모습이 떠올랐다.

나는 물침대 위에서 주위가 떠나가라 코를 골고 있다. 그녀는 내가 일어나기 전에 빨리 방에서 나가야 한다. 그래서 벗은 목욕가운을 정리할 시간도 없이 황급히 뛰어나간 것이 아닐까?

아니다. 그렇게 급하다면 방에서 목욕가운을 벗을 필요가 없다. 일단 방에서 나간 다음 벗으면 되니까.

그렇다면 이런 상황이 아니었을까?

어둠 속에서 유메코가 우두커니 서 있다. 내가 깊이 잠들었는지 아닌지 확신할 수 없는 것이다. 내가 갑자기 눈을 뜨고 왜 방에서 나가느냐고 묻기라도 한다면……. 그렇게 생각하자 꼼짝도 할 수 없다. 그럼에도 빨리 나가고 싶은 생각과 함께, 어두운 방에서 기다리는 시간을 도저히 견딜 수 없다.

그래서 그녀는 어둠 속에서 조용히 목욕가운을 벗는다. 목욕가운은 소리없이 스르륵 바닥에 떨어진다.

이윽고 내가 완전히 잠든 것을 확신하고 살금살금 방에서 나간다…….

깊은 한숨을 쉬었다.

이 상상이 맞는다면 역시 함정을 만든 사람은 그녀라고 생각할 수밖에 없다.

샤워 타월로 가슴 부근을 박박 문질렀다. 와인의 얼룩도 내가 흘린 것이 다가 아니다. 아마 몸에 스며들도록 목욕가운 위에 떨어뜨렸으리라. 어쩌면 단순한 와인이 아니라 말벌 유도제 같은 것이 들어 있었을지도 모른다.

조금 전까지만 해도 말벌의 체액이 묻은 오른손이 가려워 견딜 수 없었지만, 물속에서 계속 문지르는 사이에 서서히 증상이 가벼워졌다.

그나저나…….

아침에 눈을 떴을 때, 침실 문은 분명히 닫혀 있었다. 그렇다면 말벌들은 어디로 들어온 것일까?

말벌이 들어올 만한 틈은 어디에도 없었다. 혹시 유메코가 방에서 나가기 전에 풀어놓은 것이 아닐까? 아니다. 그런 일은 불가능하다. 그러면 말벌의 날갯소리에 내가 잠에서 깨어날 가능성이 있으니까. 적어도 어둠 속에서 목욕가운을 벗은 행동과 맞지 않는다.

다음 순간, 흠칫 놀라며 숨을 들이쉬었다.

이 산장은 모든 방의 천장에 환기구가 있다.

안경을 끼고 천천히 위쪽을 쳐다본 순간, 나는 딱딱하게 얼어붙었다.

환기구의 루버(공기 흡입구) 사이에서 지금 막 말벌이 한 마리 나오고 있었다. 이어서 또 한 마리. 마치 열기에 이끌려 나오듯 천천히, 천천히…….

……맙소사! 경악하면서 내 어리석음을 저주했다. 좀 더 빨리 알아차렸다면 환기구를 막을 수 있었을 텐데.

살며시 일어나 욕실에서 나가려 했다. 그러나 엉거주춤 서 있는 사이에 말벌은 위압적인 날갯소리를 내며 머리 위를 스쳐 지나갔다.

틀렸다. 적은 이미 전투태세에 돌입했다. 이대로 무방비하게 전라의 모습을 드러낼 수는 없다.

나에게 생각할 틈을 주지 않으려는 듯 말벌이 다시 습격했다. 거품에 얼굴을 묻으면서 아슬아슬하게 피했다.

어느새 말벌은 세 마리로 늘어났다. 욕실 안이 따뜻한 탓인지, 기묘하게 흥분한 듯했다. 이어서 네 번째 말벌이 전투에 참가했다.

샤워 타월로 때려서 떨어뜨릴까? 하지만 그러면 한 마리는 죽일 수 있어도 남은 말벌은 미친 듯이 날뛰며 총공격을 퍼부을 것이다.

세 번째 말벌의 공격. 생각할 시간이 없다. 나는 손발을 오므리며 물속으로 완전히 들어갔다. 찰랑찰랑 물이 넘쳐흘렀다. 샤워 젤이 눈에 스며들었지만, 최대한 눈을 크게 뜨고 허공의 상황을 확인했다.

수면에 닿을락 말락 날아가는 말벌의 그림자가 보였다. 물속에서는 날갯소리가 들리지 않는다.

젠장. 이제 어떻게 하지?

심장이 빠르게 방망이질하면서 폐 속의 산소는 순식간에 바닥까지 떨어졌다.

더 이상 참을 수 없어 물에서 얼굴을 내밀었다. 죽을힘을 다해 숨을 들이쉬자 말벌이 눈앞으로 다가왔다. 다시 물속으로 들어갔다.

계속 이렇게 하면 언젠가 말벌에게 쏘이게 된다. 어떻게든 도망치든지 아니면 말벌들이 공격할 수 없게 만드는 수밖에 없다.

오른손을 살짝 내밀어 재빨리 온수 핸들을 비틀었다. 그리고 말벌의 표적이 되기 전에 황급히 물속으로 손을 집어넣었다.

이제 욕실 안은 앞이 보이지 않을 만큼 새하얀 수증기로 뒤덮이리라.

《말벌 핸드북》에 녀석들은 가랑비가 내려도 날 수 있다고 쓰여 있었다. 하지만 날개가 수증기에 젖은 경우 아무래도 날기 힘들지 않을까?

위쪽은 이미 안개가 낀 것처럼 앞이 보이지 않았다. 최후의 순간까지 숨을 참고 나서 다시 물 밖으로 얼굴을 내밀었다. 말벌은 여전히 날아다닐 뿐 아니라 수가 더 늘어난 것 같다.

수증기를 머금은 공기를 폐 속 가득 들이마신 뒤, 다시 물속으로 대피했다.

뜨겁다⋯⋯. 뜨거운 물을 틀어놓았으니 당연하다. 이래서는 말벌이 날 수 없게 되기 전에 내가 익어버리리라.

물 밖으로 손을 내밀어 샤워기의 헤드 부분을 잡았다. 샤워기가 아래쪽 훅에 걸려 있는 것이 다행이었다. 샤워와 직수를 전환하는 레버를 재빨리 샤워 쪽으로 돌렸다.

물속에서 샤워기 헤드를 잠망경처럼 내밀고, 솟구치는 뜨거운 물이 욕조 바깥쪽으로 향하게 했다. 이것으로 물의 온도가 올라가는 것은 막을 수 있지만, 이미 아무리 참을성 있는 사람이라도 물속에 있는 것이 괴로울 지경이었다. 이 상태로 계속 참을 수는 없으리라.

이제 이판사판 싸우는 수밖에 없다. 결단을 내렸지만 샤워 타월 하나로 여러 마리를 상대할 수 있을 것 같지 않았다. 이런 경우 효과가 있는 방법은 한 가지밖에 없다.

심장박동이 더욱 빨라졌다.

죽음을 각오하고 물 밖으로 나와 미친 듯이 샤워기를 흔들어 댔다.

말벌은 그 즉시 비명을 지르면서 날아다녔지만, 계속 샤워기를 흔들며 뜨거운 물로 공격했다.

처음에는 계속 빗나갔지만, 마침내 뜨거운 물이 말벌 한 마리를 정통으로 맞혔다. 그러자 말벌은 어이없이 바닥으로 떨어지더니 그 즉시 숨이 끊어졌다.

그토록 흉악한 말벌도 뜨거운 물을 뒤집어쓰자 잠시도 버티지 못한 것이다.

꿀벌의 둥지를 습격할 경우, 수많은 꿀벌이 달라붙은 벌집에 불을 지르는 것으로 볼 때 원래 열에 약한 것이리라.

좋아, 승기가 보인다.

벌이 가까이 다가오지 못하게 수비에 중점을 두면서, 안전한 거리에서 한 마리씩 죽이는 것이다.

이때 욕실 안에는 아직 다섯 마리가 남아 있었다. 흩어진 채 각각 다섯 개의 궤적을 그리며 날아다니는 말벌을 물줄기의 완만한 포물선으로 맞히는 것은 쉬운 일이 아니다.

나는 한 가지 방법을 생각해냈다. 샤워기의 헤드 부분을 마구 흔들어 뜨거운 물줄기를 벽과 천장, 허공에 퍼부었다. 욕실뿐 아니라 벽과 천장이 뜨거워지고 사방팔방으로 흩어지는 물의 온도도 상당히 높아졌다.

시간이 지날수록 사람이 유리하다는 것이 명백해졌다. 말벌은 이미 나를 공격하기는커녕 도망갈 곳조차 잃어버렸다.

그래도 긴장을 늦추지 않고 끝까지 싸운 덕에 말벌 네 마리를 추락시킬 수 있었다. 나머지 한 마리는 환기구를 통해 도망친 것 같다.

다시는 돌아오지 못하게 환기구에도 뜨거운 물을 충분히 뿌리고 나서 온수 핸들을 잠갔다. 그리고 욕조 끝에 올라서서 면도용 크림으로 환기구에 바리케이드를 쳤다. 한 통을 다 사용해 거품을 켜켜이 쌓았으니 당분간은 침입할 수 없을 것이다.

과연 이것으로 위기를 벗어난 것일까? 아직 나 자신도 믿을 수 없었다. 한때는 절체절명의 위기라고 생각했기 때문이다. 그러나 당분간은 안심해도 되리라.

하지만 승리의 여운에 잠겨 있을 여유는 없었다. 이판사판 될
대로 되라는 식으로 싸운 탓에 나 자신도 무사하진 않았다. 오
른손과 팔이 새빨개지며 쓰라리기 시작했다. 또한 뜨거운 물을
뒤집어쓰는 바람에 목덜미에서 어깨에 걸쳐 화상을 입었다. 안
경을 쓴 덕분에 눈은 무사한 것이 불행 중 다행이라고 할까.

살며시 욕실 문을 열어 세면장에 벌이 없는 것을 확인했다.
그리고 세면대 위로 올라가 천장의 환기구에 휴지를 꽉꽉 쑤셔
넣었다.

화상을 입은 팔이 쿡쿡 쑤셨다. 일단 찬물을 뿌려 환부를 식
혔지만, 이 상태로 있으면 위험하다. 약을 바르고 붕대를 감아야
하리라.

세면장에 있던 새 속옷을 입고, 그 위에 옅은 색 목욕 타월을
세 장 걸쳤다. 한 장은 허리에 감고 한 장은 어깨에 걸쳤으며 또
한 장은 터번처럼 머리에 둘렀다. 말벌의 천적은 곰이다. 즉 검
은색만 보면 민감하게 반응하며 공격하기 때문에 머리카락이나
음모는 어떻게든 숨겨야 한다.

지금부터 다시 위험지역인 복도를 지나가야 한다. 가슴에 묻
은 냄새 나는 물질은 씻어냈으니 아까보다 조건은 좋아졌다고
할 수 있다.

그러나 한번 쏘이면 끝이라는 위험한 상황은 변함이 없다.

환기구를 통로로 이용한다면 말벌은 어디에나 나타날 수 있다. 언제든지 대처할 수 있도록 준비해두어야 하는 것이다.

그때 문득 새로운 의문이 떠올랐다. 마음대로 환기구를 드나들 수 있다면 노랑말벌의 둥지는 대체 어디에 있는 것일까?

5.

　인생에서 중요한 것은 모두 국어사전에 쓰여 있다. 시험적으로 식재息災(재앙을 막음)와 즉사卽死라는 단어를 찾아봐라. 서로 가까운 곳에 있다는 사실을 알 수 있다.

　그렇다면 이 두 단어 사이에 있는 것은 무엇일까?

　그것은 바로 속재俗才와 속산速算이다.

　안자이 도모야의 대표작 중 하나인 《사신의 날갯소리》의 한 구절이다.

　단순한 말장난에 불과하고 실제로 사전을 찾아보면 그 사이에 적새賊塞라든지 족살族殺 등 다른 단어도 있다는 것을 알 수 있지만, 지금 상황에 비춰보니 기묘하리만큼 암시적이라는 생각이 들었다.

삶과 죽음을 가르는 것은 첫째 속재(세속의 일에 능통한 재주가 있는 사람), 지금의 경우는 세상 물정을 잘 알고 있느냐가 아니라 실천할 수 있는 지식이 있느냐, 벌의 습성이나 산장 안의 이용 가능한 도구에 대해 얼마나 정확히 알고 있느냐다.

속산은 순간적 판단력을 의미한다. 극한 상황에서 살아남기 위해서는 신속한 결단이 필요하다. 순간적인 망설임은 곧 죽음을 의미한다.

마음을 편하게 가져라. 몸의 힘을 빼라. 벌이 나타나면 멈추어서 생각하지 말고 직감에 따라 행동해라.

벌이 이산화탄소에 반응하는지는 분명하지 않지만, 만일을 위해 토해낸 숨이 멀리 가지 않도록 밑을 향해 숨을 내쉬며 천천히 복도를 걸었다.

도중에 만난 나무 문을 열자 안은 창고였다. 양쪽 벽을 따라 천장까지 붙박이 선반이 늘어서 있고, 그 사이에 간신히 한 사람이 들어갈 수 있는 공간이 있다.

그 안으로 들어가 창고 문을 닫고 일단 천장을 확인했다. 역시 여기에도 환기구가 있다.

선반에서 검 테이프를 발견하자마자 양쪽 선반을 딛고 올라갔다. 그리고 검 테이프로 공기 흡입구를 막았다.

이제 안심해도 된다. 이것으로 이 창고는 벌이 침입할 수 없는 안전지대가 되었다. 절체절명의 상황이 닥치면 여기로 도망치면 된다. 최악의 경우에는 다케마쓰가 올 때까지 여기에 틀어박혀 있을 수 있다. 확실한 삶의 길이 보이자 이제야 겨우 마음의 여유가 느껴졌다.

하지만 곰곰이 생각해보니 낙관하긴 아직 이르다. 다케마쓰가 정말로 올지 오지 않을지도 확실하지 않다. 아마 길에는 눈이 많이 쌓여 있으리라. 만약 미끄럼 방지 신발을 신지 않았다면 걸어올 수 없을지도 모른다.

더구나 창고 안에서는 아무리 소리를 질러도 밖에까지 들리지 않는다. 다케마쓰가 온다고 해도 사람이 없다고 여기고 돌아갈지 모른다. 어쨌든 여기에 계속 틀어박혀 있는 것은 최선의 방책이라고 생각할 수 없다.

우선 화상을 치료해야 한다. 나무 구급상자는 즉시 눈에 띄었다. 그 안에는 소독약과 붕대, 반창고 등 응급처치에 필요한 도구가 들어 있다.

화상을 입었을 때 환부에 아무것도 붙이지 않는 편이 좋다는 것은 알고 있지만, 항생 물질이 들어 있는 연고가 있어서 살이 벗겨진 오른팔에 바른 뒤 붕대를 감았다. 그리고 목덜미에서 어깨에 걸쳐 같은 연고를 바르고, 큼지막한 일회용 밴드를 몇 장 붙여놓았다.

화상보다 피부가 찢어진 것이 더 문제일지도 모른다. 말벌은 독침으로 적을 쏠 뿐 아니라 독을 분사하는 골치 아픈 성질이 있다. 만에 하나 화상에 독이 묻는다면, 말벌에 쏘인 것과 똑같은 결과를 초래하리라.

선반에서 검은 폴리에틸렌 쓰레기봉투를 찾아내 세 군데에 구멍을 뚫은 뒤 머리에 뒤집어썼다. 검 테이프로 목을 칭칭 감고, 다른 한 장으로 즉석 팔 토시를 만들어 붕대를 감은 오른팔에 씌웠다. 그리고 손목과 어깨 부분은 검 테이프로 몇 겹이나 감았다. 이렇게 하면 마음대로 움직일 수 없고, 살이 벗겨질 것도 각오해야 한다. 그래도 화상을 입은 피부를 말벌 독에서 지킬 수 있다.

화상 치료를 마치고 양쪽 선반을 보면서 도움이 될 만한 물건을 골랐다. 손전등, 지금 사용한 검 테이프, 벌레 퇴치 스프레이, 비닐 끈, 비닐봉지, 가스점화기 등을 손에 잡히는 대로 낡은 몽벨 백팩에 집어넣었다.

낡은 라디오와 건전지가 눈에 띄었지만 도움이 되지 않을 것 같아 그냥 놔두기로 했다. UFO처럼 생긴 로봇 청소기도 사용할 일이 없고, 소형 접사다리도 당장은 필요 없다.

가장 필요한 것은 강력한 살충제지만, 평범한 파리용 살충 스프레이밖에 보이지 않았다. 이런 것으로는 투쟁심이 활활 불타오르는 말벌을 퇴치할 수 없다. 살충제를 맞은 벌이 언젠가 죽는다고 해도 그 전에 쏘이면 아무 의미가 없는 것이다. 그래도 일단 가져가기로 했지만 사용할 일은 거의 없으리라. 말벌이 다가오기 전에 마구 분사해서 시간을 버는 정도일까?

그래도 어딘가에 말벌 전용 살충제가 있으리라 믿고 선반 안쪽을 마구 헤집었지만, 눈에 띈 것은 불을 사용하지 않는 훈증식 살충제인 바리산 두 통뿐이었다. 대부분의 곤충과 진드기를 죽일 수 있다고 쓰여 있으니 벌에게도 효과가 있지 않을까? 공간을 밀폐해야 하기 때문에 사용할 일은 거의 없겠지만.

포기하려 한 순간, 맨 아래 선반에 있는 뚜껑 없는 상자가 눈에 들어왔다.

재빨리 꺼내보자 도료와 윤활제 등 위 선반에 들어가지 않는 큰 스프레이가 10여 개 들어 있었다.

그 안에서 투명한 커버가 붙은 거무칙칙한 스프레이 통을 발견했다.

이거다! 나도 모르게 두 주먹을 불끈 쥐었다. 표면에는 '하이퍼 말벌 블라스트 480밀리리터'라고 적혀 있다. 효능을 읽어보니 특히 말벌에 뛰어난 효과를 발휘하는 말벌 전용 살충제로, 바람이 없는 상태에서는 수평 4~6미터, 높이 3미터까지 분사할 수 있다고 한다.

그런데 가슴 뛰는 광고 문구와 달리 슬프게도 통은 가벼웠다. 흔들어보자 액체가 조금 남아 있긴 했지만 겨우 한두 번 뿌리면 끝이리라.

빌어먹을. 지그시 입술을 깨물었다. 대체 어디에 사용했을까? 정원에서 쇠바더리 같은 것을 발견하고 마구 분사한 것일까?

……잠깐만. 이게 다 작년에 일어난 그 사건 때문이다.

잠시 기억을 더듬었다. 작년 여름은 유난히 더웠다. 이렇게 해발고도가 높은 곳도 한낮에는 찜통 같아서 에어컨을 놓을지 말지 진지하게 고민했을 정도다. 더구나 공기가 희박한 탓에 직사광선은 도시보다 뜨거워서, 산장에서 나갈 때는 밀짚모자나 선글라스를 빼놓을 수 없었다.

그때의 전말은 신문에 실린 〈습격〉이라는 에세이에 잘 나타나 있다.

비프스튜의 향신료 냄새가 코를 찔렀다. 아내가 요리에 사용할 이탤리언 파슬리를 가져다달라고 해서 나는 마지못해 무거운 허리를 들었다.

산장 뒤편의 텃밭에 심은 강낭콩과 완두콩, 방울토마토 등이 수확기에 들어가 있었다. 무성한 이파리 사이를 일일이 확인하며 다녔지만, 이탤리언 파슬리는 보이지 않았다. 아내가 착각한 것일까?

다시 산장으로 들어가려는 순간, 내 귀가 소름 끼치는 소리를 포착했다.

귀를 자극하는 소음. 얇은 막이 고속으로 진동하는 곤충 특유의 날갯소리. 꿀벌이나 호박벌이 아니라 훨씬 크고 위협적인······. 시선을 돌리자 거대한 곤충의 모습이 눈에 들어왔다. 적황색 몸체에 호랑이 같은 검은 줄무늬. 장수말벌이다.

당황하지 마라. 상대를 자극하지 않고 신속히 이 자리를 떠나면 된다. 벌집 옆이 아니면 함부로 공격하지 않을 것이다.

하지만 장수말벌은 짐승을 노리는 사냥꾼처럼 조금씩 거리를 좁혀왔다. 빠른 걸음으로 도주하려 하자 재빨리 퇴로를 막았다. 반대 방향으로 돌아가도 내 얼굴을 스치듯 앞질러갔다.

아무 짓도 하지 않았는데 왜 공격하려는 것일까?

정신없이 차고로 뛰어들자 장수말벌이 쫓아왔다. 그때 말벌 전용 살충제가 눈에 들어왔다. 재빨리 살충제를 들고 돌아서면서 분사했다.

장수말벌은 평형감각에 이상이 왔는지 차고 벽을 들이박으며 마구 날뛰었다. 정확하게 노린 두 번째 공격이 말벌을 정통으로 맞혔다. 세 번째 공격에서 적은 어이없이 땅으로 떨어졌다.

미친 듯이 발버둥질하는 장수말벌에게 다가가 최후의 분사를 날렸다. 분노까지 한몫해서 엄청난 양의 액체를 끈질기게 분사했다.

나는 안도의 한숨을 내쉰 뒤, 적을 내려다보며 고개를 갸웃거렸다. 이 녀석은 정말로 장수말벌일까?

쓰레기용 집게로 곤충의 사체를 뒤집어보았다.

아니다. 이건 장수말벌이 아니다. 장수말벌은커녕 일반 벌도 아니었다.

체구와 줄무늬는 비슷하지만 결정적으로 머리가 달랐다. 흉악하게 생긴 말벌과 달리, 파리를 연상시키는 순진해 보이는 안구.

곤충도감을 보고 확인하자 왕소등에였다. 일본에서 가장 큰 등에로 사람이나 소, 말의 피를 빨아먹는 해충이다. 끈질기게 쫓아온 것도 내 피를 빨아먹고 싶었기 때문이리라.

하이퍼 말벌 블라스트 스프레이를 보면서 땅이 꺼져라 한숨을 쉬었다. 등에 같은 것에 겁을 먹고 살충제를 낭비하지 않았으면 지금 같은 경우에 멋지게 사용할 수 있을 텐데.

그때 새로운 의혹이 고개를 치켜들어 미간을 찡그렸다.

내 눈에 띄지 않은 것뿐일지도 모르지만, 혹시 텃밭에는 이탤리언 파슬리가 없지 않았을까? 그렇다면 이탤리언 파슬리가 있다고 생각한 것은 유메코의 착각이었을까?

그럴 리 없다. 특히 지금의 상황으로 볼 때, 유메코는 누구보다 범인에 가깝다.

그녀는 그때 나를 텃밭에 보내기 위해 거짓말을 한 것이다. 무엇 때문일까? 대답은 하나밖에 없다.

그녀는 주방 창문을 통해 텃밭에서 날아다니는 곤충을 발견했다. 멀리서 보면 등에와 말벌은 구별하기 힘들다.

아마 나를 텃밭에 보낸 후 말벌에 쏘여 죽기를 기대했으리라.

그렇다면 그때부터 나에 대한 강한 살의를 품은 것일까?

어쨌든 여기서 계속 생각에 잠겨 있을 수는 없다. 유일한 무기인 하이퍼 말벌 블라스트 스프레이는 겨우 한두 번 사용할 정도밖에 남아 있지 않지만, 이대로 이곳에 틀어박혀 있을 생각이 아니라면 밖으로 나가 살아남기 위한 방책을 적극적으로 강구해야 한다.

그러기 위해서는 온몸을 가릴 수 있는 옷이 필요하다.

안전지대인 창고에서 나가기 위해서는 어떻게든 용기를 짜내야 했다. 어디선가 날갯소리가 들리지 않을까 귀를 쫑긋 세우고 살그머니 문을 열었다.

괜찮다. 벌은 보이지 않고, 복도는 쥐 죽은 듯 조용했다.

백팩을 껴안은 채 발소리를 죽이며 복도로 나왔다. 그리고 뛰어가고 싶은 것을 가까스로 참으며 살금살금 걸었다. 오른손에 하이퍼 말벌 블라스트 스프레이를 들고, 소리가 나지 않도록 침실 문을 열었다.

방 안 풍경은 잠에서 깼을 때와 똑같았다. 조금 전까지 노랑말벌 두 마리가 있었지만, 지금은 보이지 않았다. 환기구를 통해 어딘가로 가버린 것 같다.

안으로 미끄러지듯 들어가 살며시 문을 닫았다. 창고처럼 천장의 환기구를 막고 싶었지만 사다리가 없어서 포기했다. 일단 옷장 서랍을 열고 입을 옷을 찾았다. 속옷은 몰라도 위에 입을 옷은 말벌을 자극하지 않는 하얀색이 좋으리라. 검은 쓰레기봉투와 팔 토시를 감추기 위해 하얀색 울 스웨터와 베이지색 면바지를 선택했다. 머리에는 세면장에서 가져온 목욕 타월을 다시 감았다.

그 위에 다운재킷 같은 것을 입으면 벌과 추위를 동시에 막을 수 있는 완전무장이 되겠지만, 두툼한 코트나 재킷 종류는 눈에 띄지 않았다. 아마 유메코가 미리 처분했으리라.

할 수 없이 이 상태로 행동하기로 했다. 어떤 옷을 입어도 말벌의 침을 완벽하게 막는 것은 불가능하다.

다시 복도로 나가기 위해 살짝 문을 열었다. 이번에는 날갯소리가 들려 심장이 덜컹 내려앉았다.

있다. 노랑말벌 두세 마리가 2층 복도를 왔다 갔다 하고 있다.

어떡할까? 없어질 때까지 기다릴까? 하지만 그러려면 시간이 꽤 걸릴 것이다. 여기서 발이 묶여 있는 동안 천장의 환기구를 통해 별동대가 들어오면 도망칠 길을 잃어버릴 수도 있다.

백팩에서 바리산을 꺼냈다. 사실 바리산의 진가는 밀폐된 방에서 확인할 수 있지만, 지금은 망설일 때가 아니다.

물을 사용할 필요가 없는 것이 다행이었다. 나는 바리산 뚜껑을 열고 안쪽의 스티커를 벗겼다. 뚜껑에 붙어 있는 갈색 플라스틱 조각으로, 용기 중앙에 있는 둥근 헤드를 문질렀다. 한순간 불꽃이 피어오르고 몇 초가 지나자 하얀 연기가 나기 시작했다.

재빨리 문을 열고 바리산을 복도로 던진 뒤 문을 닫았다.

그리고 10초쯤 기다렸다가 문을 열었다. 복도 한가운데에 있는 깡통에서 발연통처럼 새하얀 연기가 피어오르고 있었다. 주변에는 말벌의 모습이 보이지 않았다.

엉거주춤한 모습으로 복도로 나갔다. 연기를 마시면 재채기를 할 것 같아 숨을 멈춘 채 계단을 내려갔다.

이번에는 거실을 가로질러 현관으로 갈 때까지 방해하는 것은 하나도 없었다. 열쇠 보관함의 뚜껑을 열고 안을 확인했다.

예상한 대로 자동차 열쇠는 보이지 않았다.

이대로 밖으로 도망치고 싶은 저항하기 힘든 유혹이 온몸을 휘감았다. 어쨌든 벌에서 멀어지고, 죽음의 공포에서 도망치고 싶었다.

하지만 그런 다음 어떻게 할지 생각하니 망설이게 되었다. 이런 추위에는 밖에 오래 있을 수 없으므로 언젠가 다시 산장 안으로 들어와야 한다.

밖으로 나간다고 해도 그 전에 꼭 해두어야 할 일이 있다. 나는 주방으로 향했다.

《말벌 핸드북》에 따르면 노랑말벌의 둥지에는 평균 수백 마리에서 때로는 수천 마리의 성충이 있다고 한다. 따라서 지금은 어디에 가도 노랑말벌과 맞닥뜨리게 될 것이다. 어차피 그럴 바에야 기회가 있을 때 상대의 전력을 줄여두는 편이 좋으리라.

주방에서는 말벌 몇 마리가 날갯짓을 하며 날아다니고 있었다. 음식 냄새를 맡고 왔으리라.

지금은 망설일 때가 아니다. 두 번째, 즉 마지막 바리산을 사용하기로 했다.

주방을 훈증하고 문을 닫은 다음 1분을 기다렸다. 다시 문을 열자 노랑말벌 두세 마리의 사체가 바닥에 떨어져 있었다. 나머지는 모두 철수한 것 같았다. 사방에서 하얀 연기가 피어올랐다. 나는 숨을 멈춘 채 의자 위에 올라가 천장의 환기구를 검 테이프로 막았다. 그리고 문을 닫은 다음 창문을 열어 환기를 시켰다.

살을 에는 듯한 차가운 바깥 공기가 얇은 옷을 뚫고 피부에 닿은 순간, 나도 모르게 온몸을 떨었다. 눈보라는 잠시 잠잠해진 듯했지만 눈은 아직 하늘하늘 춤추고 있었다.

더 이상 추위를 견디지 못하고 1분도 지나기 전에 창문을 닫았다. 주방의 공기는 아직 맵싸했지만 어쩔 수 없었다.

냉장고와 싱크대, 카운터 밑의 서랍에서 쓸 만한 물건을 닥치는 대로 꺼냈다.

조리용 와인, 조리용 술, 미림, 고구마소주, 진, 포도주스, 오렌지주스, 칼피스 포도, 설탕, 꿀, 와인 비니거…….

다음에 적당한 크기의 용기와 빈병, 페트병을 골라 바닥에 늘어놓았다.

내가 지금 만들려는 것은 말벌용 트랩이다. 구조는 매우 단순하다. 알코올과 주스 등을 섞어 병에 200~300밀리리터 넣어두면 된다. 그러면 달콤한 향기에 취한 말벌이 안에 들어가 빠져나올 수 없게 되는 것이다. 말벌의 피해가 많은 공원이나 녹지에서는 이 방법으로 큰 효과를 본다고 한다.

어떻게 하면 말벌을 가장 잘 유인할 수 있을까?《말벌 핸드북》을 들췄다. 말벌은 이소아밀알코올이나 유산에틸의 향기에 끌린다고 하는데, 그것이 어떤 음료에 얼마나 함유되어 있는지는 쓰여 있지 않았다.

할 수 없다. 지금은 감으로 적당히 배합하는 수밖에.

와인과 포도주스, 조리용 술과 오렌지주스, 고구마소주와 칼피스 포도 등을 물에 섞은 뒤, 설탕과 와인 비니거를 첨가해 조금씩 병에 따랐다. 이제 이 트랩을 곳곳에 설치하면 된다.

하나는 그대로 테이블 위에 두기로 했다.

주방에서 나가기 전에 쓸 만한 물건을 물색했다.

우선 밀가루였다. 머리에 뒤집어쓴 수건이 떨어질 때를 대비해 머리카락에 밀가루를 뿌려 하얗게 만들었다. 비상용 소형 소화기도 가져가기로 했다. 벌을 죽이긴 어려워도 분사해서 날려 보낼 수는 있을 것이다.

날카로운 칼이 있었지만 상대가 너무 작아 무기로는 맞지 않았다. 그 밖에 뭔가 있을까 싶어 서랍에 있는 물건을 모조리 꺼냈다. 나이프와 포크, 스푼, 식탁보 등이 눈에 띄었다. 다른 서랍에는 커피 원두와 훈제용 숯이 들어 있었지만 모두 도움이 될 것 같지 않았다. 결국 가져가기로 한 것은 성냥과 종이 냅킨, 식용유, 종이 타월뿐이었다.

마지막 서랍에는 다양한 종류의 와인 오프너가 들어 있었다. 소믈리에 나이프, T자형, 스크루식, 더블액션식, 더블액션 레버식, 가스식, 에어펌프식……

컬렉션으로 모은 것이지만, 이것을 이용해 말벌과 싸울 방법을 고안해낸다면 진정한 천재라고 할 수 있으리라.

그때 침실에 남아 있는 T자형 스크루식 오프너가 머리에 떠올랐다.

손잡이가 플라스틱 재질인 싸구려로, 코르크 마개에 비틀어 넣기도 힘들고 빼낼 때도 고생해야 한다. 이렇게 좋은 오프너가 많은데 왜 그런 싸구려 오프너를 사용했을까?

멍하니 그런 생각을 하면서 서랍을 닫으려다가 도중에 손길을 멈추었다.

내 눈길을 사로잡은 것은 에어펌프식 와인 오프너였다. 작은

펌프가 붙어 있는 커다란 주삿바늘을 코르크 마개에 꽂은 다음, 공기를 주입해 마개를 밀어내는 구조였다. 함부로 내압을 높이면 병이 깨질 위험이 있어서 빈티지 와인에는 거의 사용하지 않는다. 실제로 이것도 사용한 흔적은 거의 없다.

하지만 어쩌면 필요할 때가 올지도 모른다.

그때 머리에 《하드보일드에서 험프티 덤프티》의 처절한 클라이맥스 장면이 떠올랐다.

침을 꿀꺽 삼킨 뒤 에어펌프식 와인 오프너를 백팩 안에 집어넣었다. 만약 이런 것을 사용해야 한다면 그 시점에서 이미 사태는 절망적이겠지만.

빵빵해진 백팩을 어깨에 메고 수많은 트랩이 실린 카터를 밀면서 주방문을 열었다. 그 즉시 긴장이 고조되고 혈압이 올라가는 것이 느껴졌다.

없다. 안도의 한숨을 내쉬며 주방에서 나온 순간, 말벌 한 마리가 나를 향해 날아오는 것이 보였다.

그 즉시 하이퍼 말벌 블라스트 스프레이로 목표물을 조준했지만, 마지막 순간에 분사를 보류했다. 말벌은 조용히 카터에서 멀어졌다.

예상한 대로 말벌은 내가 아니라 달콤한 향기를 뿜어내는 트랩 쪽으로 날아갔다. 말벌이 제일 먼저 선택한 것은 고구마소주에 칼피스 포도를 넣고, 마무리로 벌꿀과 와인 비니거를 첨가한

병이었다.

병의 입구를 통해 말벌이 안으로 들어갔다. 연신 날개를 떨며 달콤한 감로수를 향해 내려갔지만, 발끝이 끈적한 액체에 닿은 순간 표면장력으로 인해 몸을 움직일 수 없게 되었다. 달콤한 함정의 첫 번째 희생자다.

좋아, 반격 개시다. 트랩이 성공하자 갑자기 기분이 좋아졌다. 여기저기에 트랩을 설치하자. 잘만 하면 적을 100마리, 어쩌면 200마리까지 줄일 수도 있다. 신속하게 처리하지 않으면 오히려 벌을 유인하게 되겠지만.

카터를 밀며 거실로 나갔다. 여러 마리의 날갯소리가 들린다. 조금 전이었다면 도망치려고 했겠지만, 수많은 위기를 극복해온 만큼 지금은 오기가 생겼다. 상대는 어차피 곤충에 불과하다. 적당히 대응하면서 트랩으로 유인하면 된다.

그때 머릿속에 《서유기》의 한 장면이 떠올랐다. 금각과 은각이 사용하는 마법의 호리병 에피소드 부분이다. 이름을 불러서 대답하면 즉시 호리병 안으로 빨려 들어가 술이 된다.

계절에 걸맞지 않은 말벌주를 만드는 것도 재미있으리라.

이미 한 마리를 잡은 페트병을 바닥에 내려놓고, 벌을 자극하지 않도록 천천히 거실을 돌아다니려 했다. 하지만 그 순간 적을 너무 만만하게 보았다는 사실을 깨달았다. 몇 마리가 편대를 짜서 정면을 가로막은 것이다.

다른 트랩 하나를 바닥에 내려놓고 재빨리 뒤로 물러섰지만, 그쪽으로 향한 것은 한 마리뿐이고 아직 네댓 마리가 남아 있다. 말벌들은 양쪽으로 흩어지더니 나를 에워싸며 공격 태세를 취했다.

큰일이다. 이런 상황에선 도망칠 수 없다.

생각할 틈도 없이 몸이 먼저 반응했다. 정면을 향해 카터를 힘껏 밀었다. 무거운 병을 잔뜩 실은 카터는 카펫 위에서 덜컹덜컹 미끄러졌다.

이번에는 말벌의 태도에도 변화가 있었다. 대부분 방향을 바꾸어 카터를 쫓아간 것이다.

좋아, 가라! 어서 가! 저쪽 물은 더할 수 없이 달콤하다.

뒤로 물러나 벌 떼에서 멀어지려고 했다. 하지만 한 마리 특이한 녀석이 있어서, 나를 쫓아오려는 듯 앞으로 나섰다.

이 망할 녀석! 너는 왜 저쪽으로 가지 않는 거지?

붕붕붕. 날카로운 소리와 함께 시끄럽게 날아다니는 모습은 예전에 깐족거리며 나를 야단치던 과장을 연상시켰다.

안자이. 당신, 일할 마음이 있는 거야, 없는 거야? 엉? 대체 무슨 생각이야?

내가 웬만해선 이런 말 안 하려고 했는데, 이제 도저히 못 참겠어. 영업일지는 적당히 얼버무릴 수 있지만 숫자는 거짓말을 하지 않아! 지금까지는 자네를 생각해서 위에 보고하지 않았는데, 더 이상은 안 돼.

우리 회사가 실업자를 구제하기 위해 있는 줄 알아?

어차피 자네에겐 영업이 맞지 않아. 하긴 뭐, 딱히 자네에게 맞는 일이 있는 것 같지도 않지만.

시끄러워. 닥치지 못해!

하이퍼 말벌 블라스트 스프레이를 들었다.

알게 해줄까? 이 물은 죽을 만큼 맵다는 것을?

순간 뇌리에 엉망진창이 된 사무실 영상이 떠올랐다.

타성으로 움직이던 카터가 카펫에서 벗어나 마루 위로 미끄러졌다. 바퀴 소리가 바뀌고, 움직임도 매끄러워졌다. 그때 카터가 갑자기 방향을 바꾸더니 벽의 캐비닛에 부딪히고 말았다. 그 충격으로 카터는 옆으로 쓰러졌고, 상하 2단에 실려 있던 트랩도 뒤집어졌다.

회심의 역작인 달콤한 칵테일이 허무하게 마룻바닥으로 흘러내렸다.

나와 일대일 승부를 보려 하던 말벌도 강렬한 향기에 매료되었는지, 짧은 활 모양을 그리며 쓰러진 카터 쪽으로 향했다.

당장의 위기에선 벗어났지만, 이 결과에는 실망할 수밖에 없었다. 그렇게 고생해서 만들었는데, 결국 잡은 것은 고작 한 마리다. 이래서는 적에게 식량을 지원해준 것이나 마찬가지가 아닌가.

그러는 사이 말벌이 우르르 거실로 몰려나왔다. 2층에서도, 천장의 환기구에서도 속속 후발대가 도착한 것이다.

이제 이곳은 너무나 위험한 곳으로 변했다. 하지만 산장 밖으로 나가려 해도, 2층으로 올라가려 해도 말벌이 파티를 벌이고 있는 연회장 한가운데를 가로질러야 한다.

이제 남은 길은 두 가지밖에 없다. 주방으로 돌아가든지, 아니면 지하실로 대피하든지.

아니, 또 한 가지 방법이 있다. 창문을 열든지 깨든지 해서 실내에 차가운 공기를 받아들이면 벌은 활동에 제약을 느끼고 거실에서 도망칠 것이다.

그러나 말벌들이 흥분해서 야단법석을 피우는 지금, 창문 쪽으로 다가가는 것은 너무나 위험한 일이다.

꽃병 같은 것을 던져서 유리창을 깨는 것은 어떨까?

……아니, 그것은 불가능하다. 나는 산장 창문의 이중유리를 떠올렸다. 바깥쪽은 평범한 일반 유리지만, 안쪽에는 강화유리와 폴리카보네이트수지를 사용한 방범용 유리를 끼웠다. 가령 금속 방망이로 힘껏 내리친다고 해도 쉽게 깨지지 않을 것이다.

창문 생각을 좀 더 일찍 했으면 좋았을 텐데. 후회가 밀려들었다. 물론 일찍 생각했다고 해도, 창문을 열면 나도 얼어버리기 때문에 쉽게 결정할 수는 없었겠지만.

잠깐만!

지하실에 가서 보일러 스위치를 끄면 되지 않는가. 그러면 산장 전체의 온도를 낮출 수 있다. 사람은 얼어 죽지 않고 말벌이 활발하게 움직일 수 없을 정도로 낮추면 되는 것이다.

문제는 말벌이 환기구를 통해 이미 지하실로 침입했을 경우다. 그뿐 아니라 어쩌면 녀석들의 둥지가 지하실에 있을지도 모른다.

하지만 즉시 그렇지 않으리라는 것에 생각이 미쳤다. 이 산장의 지하실에는 드라이에어리어(Dry Area, 건물 주위를 파 내려가 한쪽에 옹벽을 설치한 도랑) 쪽에 환기팬을 설치한 창문이 여러 개 있다. 안 그래도 지하는 습기가 차기 쉽지만, 지하수가 풍부한 야쓰가타케 남쪽 기슭은 더욱 그러하다. 항상 환기팬으로 습기를 배출하고 바깥 공기를 받아들여야 하는 것이다.

그렇다면 지하실은 다른 방과 환기구가 이어져 있지 않을 가능성이 높다. 환기구를 이을 필요가 없기 때문이다. 지하실의 습기를 일부러 높일 필요가 없고, 신선한 공기라면 드라이에어리어에서 충분히 얻을 수 있다.

팔짱을 낀 채 잠시 생각에 잠겼다. 만약 내 생각이 맞는다면 최악의 경우 지하실에 틀어박히는 편이 좋을지도 모른다. 지하실에는 통조림을 비롯한 식료품과 와인이 비축되어 있어서 며칠은 충분히 버틸 수 있다.

조금 아깝긴 하지만 빈티지 와인을 이용해 달콤한 함정을 만들 수도 있고…….

생각할수록 지하실은 매력적인 장소였다.

그러나 그와 동시에 희미한 불안이 파고들었다. 지하실 문을 보면 말로 형용할 수 없는 불쾌한 감각에 휩싸이는 것이다.

잠시 망설이는 사이 말벌 한 마리가 내 옆을 스쳐 주방 쪽으로 날아갔다. 목표물은 처음에 설치한 트랩인 듯하다.

더 이상 꾸물거릴 시간이 없다. 나는 황급히 지하실 문으로 다가갔다. 지하실의 와인셀러에는 귀한 빈티지 와인이 많아 문에 커다란 자물쇠가 걸려 있다. 그런데 어찌 된 일인지 자물쇠가 열린 채 고리에 살짝 걸쳐져 있었다.

그때 등 뒤에서 날갯소리가 다가왔다. 나는 자물쇠를 던져버리고 문을 열었다. 말벌 한 마리가 술버릇 나쁜 주정뱅이처럼 나를 향해 휘청휘청 날아왔다.

간발의 차이로 안으로 들어가 문을 닫을 수 있었다.

7

손으로 벽을 더듬어 전등의 스위치를 올렸다. 계단의 천장을 따라 비스듬히 늘어선 형광등이 창백한 빛을 비추기 시작했다. 경사가 심한 계단에는 미끄럼 방지 매트가 붙어 있지만, 왠지 불안해서 한 계단 한 계단 신중하게 발을 옮겼다.

결과적으로 말하면 그 신중함 덕분에 목숨을 구할 수 있었다. 처음의 몇 계단은 미끄럼 방지 매트가 딱 달라붙어 있었지만, 계단의 한가운데쯤 왔을 때 갑자기 마찰력이 없어진 것이다.

순간적으로 난간에 매달려 가까스로 미끄러지는 것을 막을 수 있었다. 조심하지 않았다면 그대로 계단 밑으로 굴러떨어졌으리라.

미끄러진 매트를 들춰보자 접착면의 투명 시트가 그대로 붙어 있고, 그 밑에 투명한 비닐 시트가 몇 장이나 끼워져 있었다. 아무래도 계단의 폭에 맞추어 자른 클리어파일인 듯하다.

이런 곳에까지 함정을 설치하다니. 범인의 끝을 알 수 없는 악의와 집요함에 전율을 느꼈다.

이것은 한번 생각해볼 일이다. 내가 지하실로 올 것까지 예상했다면 이대로 지하실로 내려가는 것은 위험할지도 모른다.

그러나 거실로 돌아간다고 해도 뾰족한 방법이 있는 것은 아니다. 한참을 망설인 끝에 결국 처음 생각한 대로 그냥 내려가기로 했다. 최초의 함정이 불발로 끝나면 다음 함정에 걸릴 가능성은 거의 없다. 더 신중하고, 주의 깊게 행동하기 때문이다. 따라서 같은 곳에 함정을 몇 개씩 만드는 사람은 별로 없다. 유메코와 미사와도 그렇게 생각했을 것이라고 믿고 싶다.

더구나 신기한 일이 있었다. 이렇게 극한 상황에서도 배가 고프기 시작한 것이다. 주방에 있을 때 마음의 여유가 없어서 뭐라도 먹어둘 생각을 하지 못한 것이 억울했다. 가능하면 통조림을 두세 개 가져오고 싶다. 와인 한 병도.

미끄러운 매트는 일단 원래대로 해놓았다. 나는 난간을 부여잡고 매트가 없는 부분을 밟으며 천천히 계단을 내려갔다.

지하에 도착해 전등 스위치를 올렸지만 이번에는 불이 켜지지 않았다. 고장인가? 어쩌면 이것 역시 유메코 짓일지 모른다.

드라이에어리어와 마주한 창문에서 빛이 들어와야 하는데, 마치 검은 장막이 내려앉은 것처럼 지하실 전체가 캄캄했다.

백팩에서 손전등을 꺼내 안쪽을 비춰보았다.

왼쪽에서 보일러의 저주파 소리가 들렸다. 그런데 그 소리에 섞여 다른 소리가 들린 듯한 생각이 들었다. 잠시 귀를 기울였지만 수상한 소리는 더 이상 들리지 않았다.

중앙난방용 보일러는 석유를 태워 데운 물을 각 방에 있는 라디에이터를 통해 순환시키는 시스템으로, 그러는 동안에는 당연히 보일러실의 온도가 올라간다. 그 때문에 따뜻해지면 안 되는 와인셀러와 식료품 창고는 보일러실의 반대 방향인 오른쪽 안쪽에 자리 잡았다.

배고픔도 견디기 힘들었지만 그보다 급한 것은 와인이다. 향긋한 액체를 한 모금 마시면 마음이 안정될 것 같다. 나는 와인셀러 쪽으로 향했다. 나무 문을 열자 안은 서늘했다. 가능하면 몇 병 가져가고 싶은 심정이었지만 일단 한 병만 선택해 옆구리에 끼웠다. 샤토 마고 2004년. 와인의 여왕이란 이름에 부끄럽지 않은 명품으로, 이런 때가 아니면 마실 기회가 없으리라.

와인셀러를 나와 보일러실로 향했다. 벌의 활동을 억제하기 위해서는 일단 중앙난방을 막아야 한다. 앞으로 나아갈수록 점차 주변이 어두워지고, 보일러에서 나오는 저주파 소리가 강해졌다.

그것에 섞여 다시 무슨 소리가 들렸다. 컴퓨터를 사용할 때 클릭하는 듯한 기묘한 소리…….

손전등으로 앞쪽을 비췄다.

둥근 불빛 안에 원통처럼 생긴 대형 석유 보일러가 떠올랐다. 상당히 오래된 제품으로 독일어 로고가 붙어 있다. 그러고 보니 독일의 가정에서는 일반적으로 보일러를 지하실에 설치한다고 들은 적이 있다.

그때 바닥에 뭔가 있는 것을 느끼고 손전등을 비춰보았다. 작은 물체가 몇 개나 늘어서 있다. 통조림 같다. 더 자세히 비춰보니 스팸 캔이었다. 캔 뚜껑이 열려 있고, 내용물이 아직 남아 있는 것 같다.

그때 귓가에서 딱딱 하는 소리가 들렸다.

손전등을 올린 순간, 허공으로 날아오르는 물체가 시야를 가로질렀다.

경악과 전율로 온몸이 얼어붙고 숨을 쉴 수 없었다.

여기는 말벌의 소굴이다…….

더구나 지금 본 말벌의 크기는, 도저히 노랑말벌이라고 생각할 수 없었다.

딱딱 하는 소리가 지하실을 온통 메웠다. 말벌이 큰 턱을 움직이며 침입자를 위협하는 것이다.

손전등을 끄고 천천히 뒷걸음질하기 시작했다. 벌을 자극하지 않도록 급격한 동작을 피한 것이다. 지금은 1초라도 빨리 여기서 탈출해야 한다.

온몸의 털이 곤두서고 근육이 딱딱해졌다. 심장은 미친 듯이 쿵쾅거리고 손발은 죽은 사람처럼 차가워졌다.

언제 쏘여도 이상하지 않은 공포의 시간이 이어졌다. 둥근 원을 그리며 춤을 추는 사신死神 사이를 뚫고 슬금슬금 뒤로 물러났다.

난 지금 식물이야. 아무런 해가 없는 자두나무야. 너희의 적이 아니라고! 그러니까 잠깐만 공격을 멈춰. 금방 사라질 테니까. 그리고 두 번 다시 너희를 괴롭히지 않을게. 약속해. 약속할 테니까 잠깐만, 아주 잠깐만…….

주변이 어렴풋이 밝아졌다. 계단 밑에 도착한 것이다.

조금만 더, 아주 조금만 더…….

이마에 비지땀을 흘리며 왼손으로 와인과 손전등을 껴안은 채 오른손으로 난간을 움켜쥐었다. 그리고 몸을 옆으로 향한 채 조심조심 계단을 올라간다.

중간쯤 올라갔을 때, 계단 밑에 말벌이 나타났다.

장수말벌이다. 거대한 덩치를 본 순간, 갑자기 다리에서 힘이 풀렸다. 크기는 4센티미터쯤 될까? 온몸에서 뿜어내는 박력과 위압감은 노랑말벌과 비교가 되지 않았다.

장수말벌은 어둠에서 갑자기 밝은 곳으로 나와 조금 당황한 듯했다. 다시 뒤쪽에서 몇 마리가 다가온다. 위압적인 날갯소리에 온몸이 오그라든다. 조금 전에는 보일러 소리 때문에 이 소리가 들리지 않은 것이다.

그때 발이 미끄러지며 넘어질 듯 휘청거렸다. 심장이 콩알보다 작아지고 간이 덜컹 내려앉았다. 아까 미끄러질 뻔한 함정이다. 두 손으로 겨우 난간을 잡은 순간, 왼쪽 옆구리에 낀 샤토 마고가 스르륵 떨어지더니 계단에 부딪히며 산산조각 났다.

날카로운 소리와 와인 냄새가 장수말벌들을 더욱 흥분시켰다. 계단 밑에 수많은 장수말벌이 나타나더니, 그중 몇 마리가 도전하듯 천천히 나를 향해 다가왔다.

틀렸다. 도망칠 수 없다. 나는 최후의 카드인 하이퍼 말벌 블라스트 스프레이를 손에 들고 맨 앞의 말벌을 향해 발사했다.

강력한 액체는 몇 미터 날아가더니 맨 앞에 있는 장수말벌을 정면으로 맞혔다. 그러자 거대한 장수말벌은 손 한번 쓰지 못하고 어이없이 바닥으로 떨어졌다. 상상을 초월한 하이퍼 말벌 블라스트 스프레이의 위력에 깜짝 놀라 환호성을 지를 뻔했다. 이 정도면 싸울 수 있다. 장수말벌도 두렵지 않다.

다시 뒤쪽에 있는 녀석들을 조준했다. 생각지도 못한 반격에 놀랐는지 남은 장수말벌들은 일단 뒤로 철수했다.

하지만 그것으로 실탄이 떨어졌다. 최후의 카드인 하이퍼 말벌 블라스트 스프레이 통이 텅 빈 것이다.

그때 지하에서 분노의 날갯소리가 들렸다. 복수를 다짐하는 거대한 짐승의 포효처럼 소름 끼치는 소리…….

아마 몇 초 안에 장수말벌 대군이 습격해오리라. 다른 말벌의 둥지에는 출입구가 한 군데밖에 없지만, 장수말벌의 둥지는 밑바닥이 없어 모든 전투원이 일제히 날아올라 적을 공격할 수 있다.

학질에 걸린 사람처럼 바들바들 떨며 백팩에서 파리·모기용 살충제를 꺼냈다. 그러나 이것에는 기대할 수 없다. 내용물은 충분히 남아 있지만 파워는 하이퍼 말벌 블라스트의 발끝에도 미치지 못한다. 그래도 조금이라도 장수말벌의 발을 붙잡아둘 수만 있다면…….

기도하는 심정으로 계단 밑을 향해 마구 분사했다. 하이퍼 말벌 블라스트와 달리 느긋하게 퍼지는 살충제는 보기에도 믿음직스럽지 않았다. 역시 이것으로는 장수말벌의 접근을 막을 수 없다.

이제 그것을 사용하는 수밖에 없다. 영화에는 종종 등장하지만, 정말로 가능한지 불가능한지는 오직 신만이 아는 그 기술을……. 나는 왼손으로 황급히 백팩을 더듬었다.

흉악한 날갯소리가 울려 퍼졌다. 그 소리에서는 진주만을 공격하러 가는 제로센(제2차 세계대전에서 활약한 일본의 함상 전투기)의 편대 같은 박력이 느껴졌다. 계단 바로 밑에서 거대한 장수말벌 10여 마리가 모습을 드러내더니, 살충제 같은 것은 존재하지 않는 듯 곧장 올라왔다.

지금까지 이렇게 심한 공포를 느낀 적은 한 번도 없었다.

맨 앞의 벌이 코앞까지 다가온 덕분에 흉악한 얼굴을 똑똑히 볼 수 있었다. 머리에 오렌지색 헬멧을 쓰고, 치켜뜬 눈은 외계에서 온 괴물처럼 생긴 난폭한 녀석……

있다! 그때 왼손이 원하는 것을 찾아냈다. 나는 가스점화기를 움켜쥐고 살충제 앞쪽으로 내밀자마자 불을 붙였다.

그리고 다시 살충제를 분사했다

즉석 화염방사기의 위력은 상상 이상이었다. 조금 전 분무해 허공에 떠다니던 살충제에도 불이 붙어 지하로 이어지는 계단 전체가 화려한 불길에 휩싸였다.

불길이 사라졌을 때, 장수말벌 대군은 그림자도 보이지 않았다. 전투의 여운이 허공을 날아다니고 눈이 따끔거렸다. 예상한 대로 녀석들을 다 태워 죽인 걸까? 아니면 대부분 어딘가로 도망쳤을까?

만약을 위해 다시 한 번 불길을 분사했다. 성공에 취해 계속 분사하면 불길이 살충제 통에 붙어 자폭할지도 모르지만, 그런 위험에는 눈을 감기로 했다.

불꽃 기둥의 박력은 첫 번째에 미치지 못했다. 그래도 충분히 위협적이라고 스스로를 위로했다.

그때 미끄럼 방지 매트와 벽지 일부에 불이 붙은 것이 눈에 들어왔다. 이럴 수가! 빨리 불을 꺼야 한다.

주방에서 가져온 소형 소화기를 꺼내 몇 번에 걸쳐 분사했다. 계단은 온통 새하얀 연기로 뒤덮였다. 만약에 반격하려는 말벌이 있었다 해도 이러는 사이 멀리 날아갔으리라.

어쩌면 처음부터 가스점화기 대신 소화기를 사용하는 편이 현명했을지도 모른다.

기침을 하면서 계단을 올라가 문을 열었다. 그리고 소화기의 연기와 함께 거실로 굴러 나왔다.

등 뒤에서 다시 위협적인 날갯소리가 들렸다. 문을 닫으려다가 손을 뒤로 빼고 바닥으로 몸을 내던졌다.

연기 속에서 장수말벌 한 마리가 나타나 유유히 내 머리 위를 지나갔다.

도저히 믿을 수가 없었다. 뜨거운 불길도, 강력한 소화기도 장수말벌의 발길을 붙잡은 것은 한순간에 불과했다.

이어서 두 마리, 세 마리가 나타났지만 바닥에 납작 엎드려 있는 나에게는 눈길도 주지 않고 그대로 지나갔다.

장수말벌 세 마리의 등장은 마법과 같은 효과를 가져왔다. 지금까지 제 세상인 듯 날뛰던 노랑말벌들이 썰물처럼 사라진 것이다.

지금이다! 도망치려면 지금밖에 없다! 일어나서 거실을 빠져

나간 뒤, 현관문을 열고 밖으로 뛰어나갔다.

몇 걸음 걸어가 눈밭에 무릎을 꿇은 채, 얼어붙은 공기를 폐 속 가득 들이마셨다.

떨리는 손으로 떨어진 안경을 주워 다시 썼다. 그리고 겁먹은 짐승처럼 두리번두리번 주위를 둘러보았다.

살았다……. 이런 것이 바로 구사일생이리라. 아무리 지독한 말벌이라도 이런 날씨에는 밖으로 나오지 못할 것이다.

하지만 그건 나 자신도 밖에 오래 있을 수 없다는 것을 의미한다.

얇은 스웨터와 면바지로는 몸에서 빠져나가는 열을 붙잡아둘 수 없다. 더구나 맨발이다. 머리를 감싼 수건도 어느새 없어졌다.

어디론가 피하지 않으면 여기서 얼어 죽는다.

어젯밤부터 내린 눈은 얼음처럼 단단해졌고, 그 위에 새로운 눈이 쌓여 있다. 발끝으로 선 채 바들바들 떨면서 산장을 쳐다보았다. 방범용 겹유리 창문은 어지간해선 깨지지 않으리라. 주방문은 자물쇠로 잠겨 있다. 산장 안으로 들어가려면 지금 나온 현관을 거치는 수밖에 없다. 하지만 그러면 문을 열자마자 흥분에 휩싸인 채 적을 찾고 있는 장수말벌과 맞닥뜨리게 될 것이다.

차라리 산장을 불태우고 싶은 강렬한 충동이 온몸을 사로잡는다.

조금 전의 아수라장에서도 백팩을 가지고 나온 덕분에, 성냥과 가스점화기는 가지고 있다. 아무리 인적이 없는 곳이라 해도 큰불이 나면 소방차가 달려올 것이다. 더구나 거대한 캠프파이어를 만들면 한동안 몸을 따뜻하게 할 수 있으리라.

그러나 주변에는 나무와 덤불이 무성하다. 지금 맨발인 데다 눈이 이렇게 쌓인 상태에선 마음대로 이동할 수 없다. 불이 산불로 번지면 도망치지 못하고 타 죽을 가능성이 있지 않을까?

그렇다면 차고다. 산장 옆에는 차가 눈에 파묻히지 않도록 넉대는 족히 세워둘 만한 차고가 있다.

산장에 비하면 날림 공사라 차고의 창문을 깨면 들어갈 수 있으리라. 운이 좋으면 몸을 녹일 수 있을지도 모른다.

이미 동상에 걸렸는지 감각이 없어진 발로 눈을 밟으며 차고로 향했다.

예상한 대로 정면의 셔터는 닫혀 있고 문은 잠겨 있다.

차고 맞은편에는 절반이 눈으로 뒤덮인 차가 있지만, 문이 잠겨 안으로 들어갈 수 없었다.

그 앞에는 유달리 눈이 봉긋하게 쌓인 곳이 있었다.

몸을 떨면서 시선을 돌리고 차고 옆으로 돌아갔다. 옆문도 단단히 잠겨 있었지만, 산장의 방범 유리창과 달리 이쪽 창문은 그물망 유리였다. 그물망 유리는 불이 났을 때 유리가 튀는 것을 방지하기 위한 것으로, 방범 기능은 거의 없는 것이나 마찬가지다.

백팩에서 소화기를 꺼내 화려한 소리를 내면서 창문을 깨뜨렸다. 크레센트 걸쇠를 벗기고 창문을 연 다음, 안에 백팩을 던져 넣고 힘들게 기어 들어갔다. 그리고 유리 파편에 손이 베이지 않도록 조심하면서 두 손을 바닥에 댄 채 처참한 몰골로 쓰러졌다.

8

차고 안은 마치 꽁꽁 얼어붙은 제빙실 같았다. 창문을 깨뜨린 탓에 밖에서 차가운 바람이 불어오지만 지금은 어쩔 수 없다.

예상과 달리 레인지로버는 그대로 있었다.

그렇다면 유메코는 자신의 포르쉐 911을 타고 간 것일까? 한 줄기 희망을 품고 레인지로버의 운전석을 보았지만 역시 열쇠는 보이지 않았다. 예전의 범죄 소설이라면 배선을 연결해 간단히 시동을 걸 수 있지만, 차량 도난 방지 장치가 되어 있는 요즘의 차는 어쩔 방법이 없다.

마찬가지로 가솔린 탱크를 열어 가솔린을 꺼낼 방법도 없다.

할 수 없이 운전석에 앉아 시체처럼 변한 발을 문질렀다. 지금 상태에서 동상에 걸리면 살아남을 확률은 제로에 가깝다. 발의 감각이 어느 정도 돌아오길 기다려 차고의 와이어 선반을 살펴보았지만, 기대한 난방 기구 같은 건 하나도 보이지 않았다.

그때 바닥에 떨어진 물체를 발견하고, 단숨에 심박 수가 뛰어올랐다.

설마…… 하지만 아무리 봐도 그렇다고밖에 할 수 없다.

떨리는 손으로 물체를 주웠다. 역시 그렇다.

노란 캡이 붙어 있는 투명한 통 안에서 에피펜의 본체를 확인했다.

이게 왜 이런 곳에 떨어져 있을까? 벌 독 알레르기가 있는 사람은 나뿐이다. 나 말고 에피펜을 가지고 다니는 사람은 없을 것이다.

유메코가 에피펜을 가져가려 한 것일까? 그런데 그런 사람이 조심성 없이 이런 곳에 떨어뜨렸을까?

역시 내가 떨어뜨린 것일까? 산장에 도착했을 때일까?

아무튼 그것은 틀림없는 에피펜이었다.

이것만 있으면 최악의 경우 말벌에 쏘인다고 해도 한동안 목숨을 연명할 수 있다.

콧노래라도 부르고 싶은 심정으로 등유 통과 비상용 가솔린 통을 살펴보았다. 하지만 행운은 그리 오래 계속되지 않아 모두 텅 비어 있었다.

그래도 네모난 2리터들이 양철통을 발견한 것은 큰 수확이었다. 원래 뭐가 들어 있었는지는 모르지만 작은 모닥불을 만들기엔 안성맞춤이다.

가장 필요한 연료는 거의 없지만 주방에서 가져온 종이 냅킨과 종이 타월, 세차할 때 사용하는 걸레를 2리터들이 양철통에 넣고, 그 위에 식용유를 충분히 뿌린 뒤 가스점화기로 불을 붙였다.

종이 냅킨과 종이 타월에 이어 기름이 스며든 걸레에서도 창백한 불길이 피어올랐다.

모닥불에 두 손을 쪼이자 혈관에서 조용히 피가 돌기 시작했다. 그런 다음 둥근 의자에 앉아 양쪽 발바닥을 불에 쪼였다. 가려운 느낌과 함께 움찔거리는 감각이 돌아왔다. 아무래도 동상은 겨우 면한 것 같다.

이대로 여기서 도움을 기다려야 할까? 그것이 가장 안전한 길이리라. 산장 안에서는 두 종류의 말벌이 마구 날뛰고 있다. 한 방이라도 쏘이면 그것으로 모든 것이 끝이다. 반면에 여기에 있으면 말벌에 쏘일 염려는 없다. 다케마쓰가 올 때까지 버티기만 하면…….

그것이 단순한 몽상이자 현실도피에 불과하다는 사실은 알고 있다. 이 모닥불은 고작 몇 분밖에 유지할 수 없다. 그다음엔 다시 한랭지옥이 엄습하리라. 다케마쓰가 온다는 보장은 어디에도 없고…….

이대로 도망칠까? 인가와 멀리 떨어져 있다곤 하지만 여기는 일본이다. 산 위라면 몰라도 야쓰가타케의 남쪽 기슭에서 조난 당했다는 이야기는 들어본 적이 없다. 어떻게든 산 아래로 내려 가면 구조될 수 있으리라.

다만 몇 가지 난점이 있다.

일단 옷이다. 이렇게 얇은 옷을 입고 나서면 즉시 온몸이 얼 어버린다. 더구나 제대로 된 신발도 없이 눈 속을 걸어갈 수 있 을 리 없다.

그와 더불어 운동 부족 탓인지 최근에 다리와 허리가 몹시 약해졌다. 산장의 계단을 올라가기만 해도 숨을 헐떡일 정도다. 이런 상태로 혹독한 눈 속에서 행군할 자신은 도저히 없다.

눈으로 뒤덮여 있지만 도로를 따라 걷다 보면 도중에 차가 지 나갈지도 모른다. 그러나 눈보라가 다시 강해지고 있는 것 같다. 차가 지나가느냐, 지나가지 않느냐는 도박이나 마찬가지다. 운전 사가 내 모습을 본다 해도 반드시 도와준다는 보장도 없고……

"빌어먹을!"

주위가 떠나가라 버럭 고함을 질렀다.

살고 싶으면 싸우는 수밖에 없다는 것인가?

아니, 잠깐만. 그것이야말로 안자이 도모야 작품의 영원한 주 제가 아닌가.

인생이란 싸움의 연속이다. 싸움을 포기한 자는 그저 죽음을 기다리는 수밖에 없다.

말벌에 겁을 먹은 채 꼬리를 말고 도망치거나 눈 속에서 바들바들 떨다가 얼어 죽는 것은 상상할 수 있는 결말 중에서 최악이다.

내 인생을 그렇게 마무리할 수는 없다.

더구나 여기는 내 산장이다. 이제 겨우 내 것이 되지 않았는가. 나는 절대로 도망치지 않을 것이다. 그런 하등한 독벌레에게 겁을 먹고 벌벌 떨 순 없다!

"한 마리도 남김없이 없애버리겠다."

나 자신에게 힘을 주듯 소리 내어 중얼거렸다.

분노의 화살을 향해야 할 곳은 악의로 가득 찬 함정을 만든 유메코와 미사와다. 그러나 그들의 앞잡이인 말벌도 살려둘 수는 없다. 어이없이 전멸한 말벌의 사체를 유메코와 미사와에게 보여준다면 얼마나 통쾌할까.

그때 불현듯 생각이 났다. 유메코와 미사와는 반드시 여기로 돌아올 것이다.

만약 내 죽음을 사고로 위장할 생각이라면 현장에 불리한 증거가 없는지 확인해야 한다. 내가 범인의 이름을 적은 유서를 남겼을 가능성도 있고, 혹시 사고가 아닌 살인을 암시하는 증거라도…….

아니, 잠깐만. 그것만으로는 완전범죄가 되지 않는다. 나는 다시 생각에 잠겼다.

애초에 11월이라는 시기에 이렇게 해발고도가 높은 곳에서 말벌이 돌아다니는 것 자체가 이상한 일이다. 그것을 어떻게 변명할 생각일까?

……내가 그것까지 고민할 필요는 없으리라. 우선 산장에 있는 두 종류의 말벌을 어떻게 퇴치할지 생각하자.

차고 안에서 발견한 물건들을 잇달아 바닥에 늘어놓았다.

와이어 선반 위에 있거나 상자 안에 들어 있을 때는 그렇게 많아 보이지 않았는데, 이렇게 잡다하게 늘어놓자 두 대의 차를 제외하고 차고의 나머지 부분을 가득 메웠다.

제일 먼저 시야로 뛰어든 것은 낡은 스키복이었다. 아이보리 재킷은 오리털이 들어 있어서 방한 성능이 뛰어나리라. 스키 바지는 별로 두껍진 않지만 편하게 입을 수 있는 낙낙한 타입이다. 말벌과 싸우든 도망치든 지금 가장 필요한 품목이라고 해도 과언이 아니다.

플라스틱 스키 부츠도 죽을 만큼 걷기 힘든 것만 참으면 지금 상황에선 가장 이상적인 신발임이 틀림없다. 추위뿐 아니라 말벌의 침에서도 발을 완벽하게 보호해줄 테니까.

그다음의 수확은 오토바이 헬멧이다.

서스펜스 작가의 이미지를 만들기 위해 나는 한때 대형 오토바이를 즐겨 탔다. 사랑하는 두카티에 걸터앉아 소설 잡지의 표

지를 장식했을 때는(일부 누리꾼에게는 혹평을 받았지만) 나름
대로 멋있어 보이기도 했다.

그러나 지금 생각하면 맨몸을 그대로 드러내고 사륜 자동차
보다 빠른 스피드로 달리는 것 자체가 제정신 박힌 사람이 할
일은 아니다. 무엇인가와 충돌했을 때에는 자신의 육체를 쿠션
으로 사용해 엔진을 보호하는 것이나 마찬가지가 아닌가.

적어도 바람을 가르며 달리는 상쾌함을 맛볼 수 있다면 좋겠
지만, 겨울에는 살을 에는 듯한 바람에 바들바들 떨고 여름에
는 지옥 같은 직사광선으로 땀투성이가 되어야 한다. 그런 것을
타며 희희낙락하는 사람은 마조히스트나 다름없다.

두카티는 이미 모습을 감추었지만 헬멧이 남아 있는 것은 행
운이다.

스키복과 헬멧을 바라보는 사이 마음속에서 부글부글 끓어
오르는 것이 있었다.

이것으로 필요한 방어 장비, 갑옷과 투구는 손에 넣었다.

이것만 있으면 사악한 벌레들을 깨끗이 청소할 수 있을지도
모른다.

풀 페이스 헬멧은 윈드실드를 내리면 얼굴과 머리를 완전히
가릴 수 있다. 문제는 목이지만, 머플러를 감거나 검 테이프를
붙이면 벌침의 침입을 막을 수 있으리라.

포장용 에어캡도 쓸모가 있을 것 같다. 산장에 짐을 옮길 때

사용한 것을 버리지 않고 차고에 보관해두길 잘했다.

이제 적을 공격할 무기인 창이나 칼을 찾아야 한다. 그런 생각으로 찾아보자 도움이 될 만한 물건이 속속 발견되었다.

일단 낡은 배드민턴 라켓이다. 이미 몇 년이나 사용하지 않았지만 줄은 팽팽하고, 고급 카본 프레임은 대단히 가벼웠다. 말벌을 때려잡기엔 이상적인 무기다.

그리고 만능 가위와 콜타르 캔, 새 솔이 눈에 띄었다. 캔의 뚜껑을 열어보니 내용물은 아직 손도 대지 않았다. 녹을 방지하거나 거염벌레로부터 텃밭을 지키기 위해 사온 것일까? 어쨌든 말벌의 전력을 손상시키는 데에는 효과적인 물품이다.

낡은 등산용 배낭은 필요한 물품을 운반하는 데 안성맞춤이다. 창고에서 가져온 백팩은 이미 빵빵하게 가득 찼기 때문이다.

오래된 셀룰로이드 인형도 몇 개 있었다. 유메코가 그림의 모델로 사용하기 위해 벼룩시장에서 사온 것일까? 어쩌면 막상 사왔지만 음침한 표정을 보고 정나미가 떨어졌을지도 모른다. 그래도 버릴 수는 없어서 여기에 처박아둔 것이 아닐까?

《말벌 핸드북》의 설명이 맞는다면 이것은 쓸모가 있다.

50센티미터쯤 되는 테디베어도 셀룰로이드 인형과는 다른 이용 가치가 있다.

머릿속에서 역습을 위한 계획이 조금씩 뚜렷한 형체를 갖추었다.

그때 갑자기 영감이 번뜩였다. 2층 창고에 있던 낡은 라디오와 로봇 청소기다. 어쩌면 테디베어와 궁합이 잘 맞을지도 모른다. 만약 실패한다고 해도 잃을 것은 없다. 밑져야 본전이 아닌가. 한번 시도해볼 가치는 충분하다.

마지막까지 버리기 아쉬워 고민한 것은 물과 낙엽까지 흡입할 수 있는 실외용 청소기였다. 이것만 있으면 가까이 다가오는 말벌을 모조리 빨아들일 수 있다. 그러나 너무 무겁고 부피도 커서, 가져가는 것을 포기할 수밖에 없었다.

이제 필요한 물건은 모두 갖추었다. 그다음은 준비다. 나는 만능 가위로 셀룰로이드 인형을 잘게 자르는 단조로운 작업에 몰두했다. 그리고 그 작업을 끝내자 드디어 본격적으로 싸울 준비를 하기 시작했다.

하얀 울 스웨터 위에 포장용 에어캡을 감고 검 테이프로 고정한 다음, 스키용 재킷을 입었다. 흔히 뽁뽁이라고 하는 에어캡은 보온 효과도 있지만, 내 목적은 재킷과 피부 사이에 공간을 두는 것이다. 말벌의 침은 가죽점퍼나 청바지도 꿰뚫을 만큼 날카롭지만, 그 길이보다 떨어져 있으면 쏘이지 않을 수 있다.

그리고 면바지 위에 에어캡을 감고, 그 위에 스키 바지를 입었다. 그런 다음 추위에 얼어붙어 딱딱해진 스키 부츠에 간신히 발을 집어넣었다.

마지막으로 스키용 가죽 장갑을 끼었다. 아마 여기가 최대의 약점이 되리라. 가죽 한 장으로는 장수말벌은커녕 노랑말벌의 침조차 막을 수 없다.

장갑 안에는 에어캡을 넣을 수 없어 바깥쪽에서 둘둘 감기로 했다. 하지만 너무 두껍게 감으면 손을 쓰기 힘들다. 나는 몇 번을 감았다 풀었다 하며 그럭저럭 괜찮은 지점에서 마무리했다.

어쨌든 손이 약점이라는 것을 항상 의식하면서 말벌이 앉지 않도록 조심해야 한다.

좋아. 이번에야말로 반격 개시다.

백팩과 배낭을 메고 비척거리며 차고를 나섰다.

만약 누가 봤다면 기이한 차림새라며 고개를 갸웃거렸으리라.

풀 페이스 헬멧에 목과 손목은 에어캡으로 둘둘 감았다. 더구나 재킷과 바지는 빵빵하게 부풀어 있다. 여기에 스키 부츠를 신어서 걸음걸이는 로봇처럼 어색하기 짝이 없다.

하지만 완전무장한 덕분에 추위는 거의 느끼지 못하는 데다 벌에 쏘이면 죽는다는 공포도 어딘가로 날아갔다. 지금 나를 움직이는 것은 말벌에 대한 분노와 어떻게든 복수하고 싶은 욕망뿐이다. 나는 풍차를 향해 돌격하는 돈키호테 데 라만차처럼 용기와 사명감으로 똘똘 뭉쳐 있었다. 이런 심리 상태가 패닉에 사로잡혀 도망칠 때보다 훨씬 위험할지도 모른다. 그 사실은 어렴풋이 자각하고 있었지만…….

9

말벌의 둥지는 보통 밤에 구제한다. 일벌이 활발하게 활동하지 않아 쏘일 위험이 적기 때문이다. 하지만 지금은 밤까지 기다릴 여유가 없다. 그때까지 기다리면 얼어 죽을지도 모르고, 유메코와 미사와가 돌아올 경우 말벌과 전투를 벌이기 위해 완전무장한 지금의 모습은 핸디캡으로 작용할 것이다. 얼간이처럼 빵빵하게 입고 비척비척 걸을 수밖에 없는 상태로는 도망칠 수도, 싸울 수도 없으리라.

최대한 단시간에 말벌을 없애거나 봉쇄해야 한다.

산장 정면에 있는 현관문을 열었다.

말벌이 튀어나올까 봐 몸을 도사렸지만 쓸데없는 기우에 불과했다. 안으로 들어가기 전에 실내에 냉기를 끌어들여 말벌이 활발히 돌아다니지 못하게 했다.

3분쯤 기다려 실내에 발을 들이고 문을 닫았다. 아무래도 냉기를 싫어하는지, 말벌의 모습은 어디에서도 보이지 않았다.

스키 부츠를 신은 탓에 몸을 뒤로 젖힌 채 타닥타닥 발소리를 내며 걸을 수밖에 없었다.

일단 주방으로 향했다. 연기 공격을 위한 도구가 필요해 물을 끓이면 소리가 나는 큼지막한 주전자를 선택했다. 그리고 쓰레기봉투에 식용유병과 훈연제, 종이 타월, 식탁보, 냅킨, 커피 원두, 성냥 등을 넣은 뒤 프랑켄슈타인처럼 묵직한 걸음걸이로 거실로 돌아왔다.

장갑을 벗고 난로 안에 종이 타월을 넣은 뒤, 가스점화기로 불을 붙였다. 불꽃의 기운이 강해지는 것을 보고 식용유를 충분히 뿌린 냅킨과 식탁보를 넣었다. 원래 난로 안에 있던 장작이 불타기 시작하자 거실의 온도는 급속히 상승했다.

주전자 안에는 직사각형으로 자른 셀룰로이드 인형을 던져 넣었다. 만능 가위로 자른 프랑스 인형의 마지막 모습이다. 그 위에 벚나무 훈연제와 커피 원두를 충분히 투입했다.

그리고 불꽃에 손을 쬐며 잠시 온기를 얻고 있는데, 다시 귀에 거슬리는 날갯소리가 들렸다.

뒤를 돌아보자 장수말벌 두 마리가 모습을 드러냈다. 불타고 있는 장작 위에 주전자를 올려놓고 재빨리 장갑을 끼었다.

장수말벌이 위협하듯 다가와도 조금 전과 같은 공포는 엄습하지 않았다. 장수말벌의 침은 그 길이가 5밀리미터에서 1센티미터에 달하지만, 이렇게 꼼꼼히 몸을 감싼 이상 쏘일 일은 거의 없을 것이다.

장수말벌은 당황한 기색이 역력했다. 두 마리가 좌우로 갈라져 내가 어떻게 나오는지 살피는 듯하다.

그때 주전자에서 희미한 소리가 들렸다. 그와 동시에 물 따르는 주둥이와 뚜껑 주위에서 새하얀 연기가 뿜어 나왔다.

장수말벌 두 마리는 깜짝 놀란 듯 뒤로 물러났다.

연기는 눈 깜짝할 사이에 온 거실로 퍼져나갔다. 목을 뒤덮은 검 테이프의 호흡용 구멍을 뚫고 자극적인 냄새가 코앞에 이르렀다.

《말벌 핸드북》에 따르면 셀룰로이드를 태운 연기는 말벌을 마비시키는 효과가 있다고 한다. 훈연제와 커피 원두를 넣은 것은 연기의 양을 늘리기 위해서였다.

장수말벌의 모습이 순식간에 사라졌다. 나는 셀룰로이드 연기가 안쪽까지 들어가도록 지하실 문을 활짝 열었다. 물론 이정도로 전멸하진 않겠지만, 약간의 충격은 안겨줄 수 있으리라.

그 순간 바리산을 일찌감치 사용한 것이 후회되었다. 지금 바리산이 있다면 얼마나 좋을까? 연기를 피워 지하실에 던져 넣고 문을 닫기만 하면 최대 위협인 장수말벌을 깨끗이 청소할 수 있을 텐데.

그러나 그때는 바리산을 사용할 수밖에 없었다. 그렇게 생각하며 스스로를 납득시켰다. 지금은 지나간 일을 후회할 시간이 없다.

백팩을 거실에 남겨둔 채 큰 배낭을 메고 2층으로 향했다. 연기가 장수말벌을 공격하는 사이 노랑말벌을 봉쇄할 생각이다.

노랑말벌의 둥지는 어디에 있을까? 그 의문이 머릿속 한구석에 계속 똬리를 틀고 있었다. 냉정하게 생각하면 가능성이 있는 곳은 한 군데밖에 없었다.

천장과 지붕 사이의 공간이다.

장수말벌의 둥지가 있는 지하실 근처에는 노랑말벌의 둥지를 둘 수 없다. 장수말벌은 모든 말벌의 천적으로, 노랑말벌을 보자마자 전멸시킬 수 있기 때문이다. 1층이나 2층 방에 둔다면 내가 알아차릴 가능성이 높다. 그렇다면 남은 곳은 천장 위의 공간밖에 없다.

지붕 밑은 천장 문을 닫으면 쉽게 봉쇄할 수 있다는 이점이 있다. 유메코는 특별한 방법을 사용해 노랑말벌이 밖에 나오지 못하게 해두고, 산장을 떠나기 직전 천장 위로 올라가는 문을 열어둔 것이 틀림없다.

그렇다면 그 문을 닫기만 하면 노랑말벌을 완전히 봉쇄할 수 있다.

2층 창고 문을 열고 비상용 라디오와 로봇 청소기 그리고 사다리를 꺼냈다. 라디오에는 새 건전지를 넣었다.

이제 필요한 품목은 모두 갖추었다. 드디어 출격이다!

배낭을 메고 되도록 발소리를 내지 않으려고 조심하면서 복도 맨 안쪽에 있는 방으로 향했다. 아직 확인하지 않은 곳은 이 방뿐이었다.

문에 귀를 대고 안의 소리를 듣고 싶었지만, 풀 페이스 헬멧이 방해가 되었다. 그래도 귀를 기울이자 희미하게 벌의 날갯소리가 들렸다. 그것도 몇 마리가 아니다. 수많은 벌 떼의 대합창이다.

이 방에 천장 위로 올라가는 문이 있으리라.

일단 로봇 청소기 위에 비닐 끈과 비닐 테이프를 이용해 테디베어를 고정했다. 테디베어 자체는 별로 무겁지 않기 때문에 로봇 청소기는 마음대로 돌아다닐 수 있다.

다음에 배낭에서 콜타르 캔과 솔을 꺼내 테디베어 위에 콜타르를 마구 칠했다. 다갈색 테디베어는 순식간에 검은 빛을 내뿜는 기이한 모습으로 변했다. 한여름의 아스팔트를 연상시키는 독특한 냄새가 주위를 휘감았다. 냄새며 색깔이며, 노랑말벌에게 지나칠 만큼 강한 자극을 안겨주리라.

다음에는 라디오를 켠 뒤 음량을 최소로 해서 방송국을 선택했다. 팝이나 클래식은 거의 효과가 없을 것 같다. 신경을 자극하는 시끄러운 음악을 찾는데, 마침 슬래시 메탈(Slash Metal) 특집 방송을 하는 기특한 FM 방송국이 있었다.

됐다! 이제 전투 준비는 끝났다. 배드민턴 라켓을 오른손에 움켜쥐고 두세 번 크게 휘둘렀다. 휘잉, 휘잉. 바람을 가르는 둔탁한 소리가 들렸다.

손잡이에 오른손을 대고 문을 열려고 했다.

그런데 어찌 된 일인지 몸이 그대로 굳어버린 것처럼 꼼짝도 하지 않았다.

발밑에서 견딜 수 없을 만큼 강렬한 떨림이 스멀스멀 기어 올라왔다.

경악해서 입을 다물 수가 없었다. 지금 겁을 먹은 것인가!

조금 전까지만 해도 겨우 반격할 기회를 잡고 기세등등했다. 그런데 막상 말벌 대군을 향해 뛰어들 순간이 되자 공포가 밀려든 것이다.

단 한 번, 어디 한 군데라도 쏘이면 그것으로 인생이 끝날지 모른다…….

심호흡을 하면서 어떻게든 숨을 가다듬으려 했다.

위험에서 고개를 돌린 채 살아남을 수는 없다.

지금이 인생의 가장 중요한 순간이다. 겁을 먹으면 패배할 수밖에 없다.

인생에서 중요한 것은 모두 국어사전에 쓰여 있다. 시험적으로 식재息災와 즉사卽死라는 단어를 찾아봐라. 서로 가까운 곳에 있다는 사실을 알 수 있다.

그렇다면 이 두 단어 사이에 있는 것은 무엇일까?

다시 하늘의 계시처럼 《사신의 날갯소리》의 한 구절이 되살아났다.

그때 문득 생각이 났다.

그 답이 속재나 속산뿐이라곤 할 수 없다. 지금 상황에서 주목해야 할 것은 오히려 적새賊塞와 족살族殺이 아닐까?

적새는 적이 틀어박힌 요새, 즉 말벌의 둥지를 가리킨다. 그리고 족살은 말 그대로 모두 죽여버리는 것이다.

우선 말벌의 둥지를 천장 위나 지하실에 봉쇄해 다시는 나올 수 없게 해야 한다. 그리고 이미 날아다니는 벌은 남김없이 확실히 죽여야 한다. 이 두 가지야말로 식재와 즉사의 갈림길을 가르는 가장 중요한 전략이다.

역시 어떻게 해서든 이 방에 들어가 천장 위로 올라가는 문을 닫아야 한다. 그러기 위해서는 아무리 짧아도 1, 2분은 필요하다. 그동안 버틸 수 있느냐 없느냐에 모든 것이 달려 있다.

숨을 크게 들이마시고 길게 내뿜었다. 그러자 다시 손발에 힘이 돌아왔다.

됐다, 이제 괜찮다. 해야 한다…… 돌입이다!

고개를 돌리자 테디베어는 여전히 검은 빛을 뿌리고 있었다. 테디베어의 목에 걸어놓은 라디오의 볼륨을 최대로 키웠다. 라디오에서 격렬한 변박자의 드럼과 베이스 소리가 울려 퍼졌다. 문 너머의 소음을 듣고 깜짝 놀라 임전 태세를 취하는 노랑말벌의 모습이 눈에 보이는 듯했다. 지금은 말 그대로 벌집을 쑤신 듯한 상황이리라.

문을 열자마자 로봇 청소기의 전원을 켜고 재빨리 방 안으로 밀어 넣었다.

처음에는 즉시 돌입하려 했지만, 직전에 마음이 바뀌어 일단 문을 닫았다.

두려움이 목구멍까지 치밀어 올랐기 때문은 아니다. 노랑말벌의 전력을 조금이라도 약화시키고, 적의 체력이 떨어졌을 때 단숨에 승부를 가른다. 내 목적은 그런 고등 전술이었다.

문 앞에서 기다리는 동안 심장이 미친 듯이 쿵쾅거렸다.

방 안에서는 시끄러운 록 음악이 귀가 찢어질 듯 울려 퍼지고 있다. 다음 순간, 놀라운 일이 벌어졌다. 그런 상황에서도 벌의 날갯소리가 들린 것이다. 아마 미친 듯이 분노하고, 목이 터져라 울부짖고 있으리라.

온몸의 땀구멍이 일제히 땀을 뿜어냈다. 헬멧 안의 온도가 올라간 탓에 안경 렌즈가 뿌예졌다. 윈드실드를 올리고 수증기가 사라지길 기다렸다.

　로봇 청소기를 켠 후로 몇 분쯤 지났을까? 렌즈가 말라 시야가 깨끗해진 것을 보고, 윈드실드를 내린 뒤 다시 문손잡이를 잡았다.

　마른침을 삼키고 문을 열었다.

방 안은 아비규환의 도가니로 변해 있었다. 흥분한 노랑말벌이 5평쯤 되는 방 안을 정신없이 날아다녔다. 원인은 바닥의 미세 먼지를 빨아들이기 위해 부지런히 돌아다니는 로봇 청소기와 그 위에 오만하게 서 있는 테디베어였다. 그 주변에 노랑말벌이 나방처럼 모여 있고, 덕지덕지 바른 콜타르에는 언뜻 봐도 스무 마리가 넘는 말벌이 달라붙어 있었다.

때는 무르익었다. 더 이상 기다려도 상황은 이보다 좋아지지 않으리라.

최악의 사태를 각오하고 오른손에는 배드민턴 라켓을, 왼손에는 사다리를 들고 방 안으로 돌입했다.

되도록 말벌을 자극하지 않으려고 조용히 나아갔지만, 이미 전투태세에 돌입한 탓인지 그 즉시 열 마리가 넘는 노랑말벌이 나를 향해 돌진해왔다.

헬멧 주변을 날아다니거나 스키용 재킷을 공격하는 말벌은 무시했지만, 장갑을 향해 날아온 몇 마리가 나를 곤혹스럽게 했다. 마치 내 약점을 정확히 간파한 듯한 착각에 빠진 것이다.

그러나 즉시 그렇지 않다는 사실을 알아차렸다. 가죽 장갑의 냄새 때문이다. 오래되었다고는 해도 플라스틱이나 합성섬유에 비해 가죽 냄새가 벌을 강하게 유인하는 것이다.

손에 앉으려는 벌을 뿌리쳐도 끊임없이 다른 벌이 날아와 등골이 오싹해졌다. 만약 에어캡과 가죽 장갑 사이에 들어가면 노랑말벌의 침은 가죽을 뚫고 피부를 찌를지도 모른다.

우물쭈물하다간 목숨을 잃게 된다.

이미 한계에 이르렀다. 드디어 전투 시작이다!

사다리를 내려놓고 배드민턴 라켓을 힘껏 휘둘렀다.

바람을 가르는 날카로운 소리와 함께 노랑말벌 두세 마리가 줄에서 튕겨 나갔다.

그리고 또 한 번, 배드민턴 라켓의 일격으로 노랑말벌 한 마리가 사망했다.

말벌을 죽이면 체액이 흩어져 녀석들이 더 흥분한다는 것은 알고 있다. 하지만 지금까지 일방적으로 당하기만 한 상대에게 반격을 펼치며 궤멸시키는 행위에는 상상을 초월한 쾌감이 있었다. 그리하여 잇달아 습격하는 노랑말벌을 향해 귀신에 홀린 것처럼 라켓을 휘둘렀다.

어느새 나는 슬래시 메탈의 빠른 리듬을 타며 살육에 취해 있었다.

하지만 아무리 잔인하게 공격해도 노랑말벌은 집요하게 대항했다. 이 녀석들은 죽음을 두려워하지 않는다. 정신을 차렸을 때는 라켓을 벗어난 수많은 말벌이 스키용 재킷에 달라붙어 있었다.

순간적으로 스키용 재킷 위를 라켓으로 내리치려다 직전에 생각을 바꾸었다. 에어캡의 두께 덕분에 말벌의 침이 피부에 닿지 않았지만, 위에서 잘못 때리면 피부까지 닿을지도 모른다.

이럴 때는 말벌을 짓누르지 말고 손으로 뿌리치는 편이 좋다.

하지만 등은 어찌할 도리가 없다. 수많은 말벌이 달라붙어 있을지 모른다고 생각하니 모골이 송연해졌지만, 아무리 공격해도 침이 몸에 닿지 않는다고 생각하며 끝까지 견뎌내는 수밖에 없었다.

천장으로 올라가는 문을 향해 시선을 돌리니 예상한 대로 활짝 열려 있있다.

사다리를 가지고 그쪽으로 향하자, 그런 나를 저지하려는 듯 말벌이 점점 많아지며 공격적인 태도를 취했다.

그때 갑자기 재채기가 나왔다. 아까부터 코가 근질거리고 눈이 깜빡거리며 목에 통증이 느껴진 것이다.

풀 페이스 헬멧을 스치듯 말벌이 지나갔다.

아뿔싸! 식은땀이 흐르고 그와 동시에 생각이 났다. 까맣게 잊고 있었다. 이 녀석들은 공중에 독액을 뿌릴 수 있다.

독액에는 경보警報 페로몬이 들어 있어서, 적을 공격할 뿐 아니라 자기 동료에게 위기 상황을 전할 수 있다고 한다.

빌어먹을! 미끼로 투입한 로봇 청소기는 뭐 하는 거야? 이 녀석들을 내게서 떼어줘!

연신 재채기를 하며 생각했다. 로봇 청소기가 말벌들을 유인해주지 않으면 천장 위로 가는 문을 닫을 수 없다.

하지만 내 바람과 달리 라디오 소리는 점점 커지고 있다.

낭패한 얼굴로 시선을 돌리자 로봇 청소기는 내가 때려잡은 노랑말벌의 사체를 깨끗이 청소하면서 천천히 내 쪽으로 다가오고 있었다.

안 돼! 오지 마! 저쪽으로 가!

마음속으로 목이 터져라 소리쳤지만, 테디베어는 온몸에 말벌을 붙인 채 천진한 눈동자를 빛내며 충성스러운 개처럼 주인님 곁으로 돌아오려고 했다.

지금까지 말벌의 공격 목표는 나와 테디베어로 분산되어 있었지만, 양쪽이 가까이 접근함에 따라 주변의 말벌 밀도는 더욱 높아졌다.

장갑에 앉아 에어캡 밑으로 파고드는 무수한 말벌을 뿌리치느라 정신이 없는 탓에, 라켓으로 적을 때려잡기는커녕 사다리를 들고 앞으로 나아가는 것조차 뜻대로 할 수 없었다.

말벌의 독액 분사는 점점 더 격렬해졌다. 풀 페이스 헬멧을 쓰고 목덜미는 에어캡과 검 테이프로 막았음에도 공기가 촉촉하게 느껴질 정도였다.

변변한 뇌조차 없는 하찮은 벌레 주제에 노골적으로 내 얼굴을 노리고 있다. 그 순간 자연계의 악의를 느끼고 온몸에 소름이 끼쳤다.

윈드실드가 젖고 독액이 방울방울 떨어지는 것이 보였다. 눈이 따갑고, 천식 같은 기침이 터져 나왔다. 헬멧 꼭대기에 있는 숨구멍을 통해, 안개 같은 독액이 침입한 것이다.

계속 라켓을 들고 풀 스윙을 한 탓에 숨이 차고, 그 결과 독액을 깊이 흡입하게 되었다. 목의 통증이 심해지면서 숨쉬기가 힘들어졌다.

스키 부츠를 신은 발이 떨리더니, 마침내 균형을 잃고 그 자리에서 엉덩방아를 찧고 말았다.

내 상황을 알아차린 듯 노랑말벌이 일제히 몰려들었다.

숨을 쉴 수 없다……. 장갑 위로 몰려드는 말벌을 뿌리친 뒤 마지막 남은 힘을 짜내어 라켓을 휘둘렀다.

다시 몇 마리가 바닥으로 떨어졌지만 전체의 수를 감안하면 새 발의 피다.

말벌 대군을 상대로 격렬한 전투를 벌이면서 마음속으로 중얼거렸다.

너희는 왜 죽음을 두려워하지 않지?

왜 그렇게 집단을 위해 자신을 희생하는 거지?

물론 그 대답은 알고 있다.

일벌은 완벽한 하나의 개체가 아니다. 생식기능이 없기 때문이다. 따라서 자신의 유전자를 복제해주는 둥지를 지키기 위해서라면 기꺼이 스스로를 희생하는 것이다.

하나의 진형을 짜서 적에게 돌격하는 일벌들은 똑같은 유전자를 가진 복제품은 아니지만, 일심동체이자 분신 같은 존재다.

그 때문에 똑같은 필살의 의지를 품고, 스스로를 총알 삼아 상대를 공격하는 것이다.

적의 수는 거의 줄지 않았음에도 라켓은 더 이상 말벌을 잡지 못했다. 스윙이 스피드를 잃으면서 말벌이 걸리지 않는 것일까? 아니면 말벌이 내 공격 패턴을 읽기 시작한 것일까?

어쨌든 이제 틀렸다. 이런 상태에선 도저히 천장 위로 올라가는 문을 닫을 수 없다.

몸에 수많은 노랑말벌이 붙어 연신 침으로 찌르려 했지만 아직 피부에는 닿지 않았다. 하지만 이대로 있으면 언젠가 당할 수밖에 없다. 그것은 이미 시간문제다.

그때 나도 모르게 재채기를 했다.

도망쳐라. 작전 실패를 인정하고 지금 당장 여기를 떠나라. 이대로 있으면 숨을 쉴 수 없어 죽을 것이다.

몸을 일으키려고 하자 다시 수많은 노랑말벌이 헬멧의 윈드실드에 탁탁 부딪쳤다.

잠시라도 좋다. 이 녀석들이 방향을 바꿀 수 있도록 유인해주기만 한다면.

한 줄기 희망을 품고 로봇 청소기를 쳐다보았지만, 녀석은 여전히 근처에서 느긋하게 청소를 할 뿐이었다. 테디베어에 달라붙은 노랑말벌이 그로테스크하게 발을 움직이며 날개를 떨고 있다.

나를 비난하고 규탄하며 단죄하는 분신들.

그들은 어느새 주변 공간을 모두 잠식할 듯이 늘어나 있었다.

빌어먹을! 또야?

도대체 얼마나 나를 괴롭혀야 직성이 풀리지?

내 불구대천지 원수. 시간과 공간의 사각지대에 숨어, 내가 누려야 할 인생의 열매를 빼앗아간 내 분신.

그것은 지금 저주스러운 벌레의 모양으로 다시 이 세계에 나타나 나에게 복수하려 하고 있다.

팔에 힘이 들어가지 않는다.

숨이 차고 현기증이 난다. 나는 앞으로 고꾸라질 것처럼 비틀거렸다.

이제 틀렸다…….

헐떡거리며 네 발로 기었다.

역시 무모한 시도였다.

하지만 아무리 후회해도 이미 때는 늦었다. 나는 죽음을 각오하며 눈을 부릅떴다.

그 순간, 내 주위에 몰려들어 집요하게 공격하던 노랑말벌들이 일제히 멀어지기 시작했다.

어떻게 된 일인지 생각할 시간이 없다. 이 기회를 놓치지 마라……. 도망쳐라!

정신없이 바닥을 기어 출구로 향했다.

헬리콥터처럼 위압적인 날갯소리가 머리 위를 지나갔다.

흠칫 놀라 위를 쳐다보자 장수말벌 세 마리가 보였다. 이 방에 들어올 때 문을 닫을 여유가 없어 그냥 열어둔 것이다.

다시 장수말벌이 열 마리쯤 나타나더니, 몸을 내던져 막으려는 노랑말벌의 저항선을 단숨에 돌파하고 천장 위로 침입했다.

그사이 나는 포복 전진을 하며 가까스로 방을 빠져나왔다.

아무래도 연기 공격은 불발로 끝난 모양이다. 셀룰로이드나 훈연제의 연기가 장수말벌에게 별다른 충격을 안겨주지 못한 것이다.

하지만 연기 공격이 효과가 있었다면 장수말벌이 노랑말벌을 사냥하러 올 수 없었을 테니 나는 그 자리에서 목숨이 끊어졌으리라. 연기 공격을 위해 지하실 문을 열어둔 것이 결과적으로 행운을 불렀다.

숨을 헐떡거리며 계단 난간을 잡고 1층으로 내려갔다.

도중에 장수말벌 한 마리를 만났다. 적은 내 몸에 묻어 있는 노랑말벌의 경보 페로몬에 흥분했는지, 나를 향해 똑바로 날아왔다.

조금 전의 장수말벌은 나를 구해준 은혜가 있지만, 뒤늦게 온 이 녀석에게는 그런 감정을 느낄 이유가 없다. 노랑말벌보다 덩치가 커서 라켓으로 단숨에 궤멸시킬 수 있었다.

1층으로 내려가자 다시 장수말벌 몇 마리가 나타나 내 뒤를 쫓아왔다. 따라잡히기 직전에 추격대를 뿌리치고 산장 밖으로 굴러 나왔다.

눈과 호흡기의 불쾌감은 견디기 힘들 정도였다.

라켓을 버리고 두 손의 장갑을 벗은 뒤 에어캡을 찢었다. 그리고 독액으로 뒤범벅된 헬멧을 벗어 던졌다.

그런 다음 안경을 벗고 새하얀 눈에 얼굴을 묻은 채 눈에 들어간 독액을 씻어냈다. 그리고 숨을 헐떡이며 침을 뱉은 뒤, 입 안 가득 눈을 머금어 목구멍 안쪽으로 들어간 독액을 최대한 토해냈다.

완전무장만 하면 말벌에게 대항할 수 있다고 생각하다니!

그 안이한 생각에 저주를 퍼붓고 싶었다.

녀석들이 독액을 안개처럼 분무한다는 것은 알고 있었지만, 알레르기가 있는 사람에게 이렇듯 큰 타격을 입힐 줄은 상상도 하지 못했다.

······그래도 두 종류의 말벌 중 노랑말벌을 처리한다는 목표는 달성했을지도 모른다. 장수말벌이라는 최대의 천적에게 둥지를 들킨 이상, 노랑말벌은 이내 전멸할 것이 틀림없다.

그러나 장수말벌에 대해 손쓸 수 있는 방법은 이제 아무것도 없다.

마침내 현실은 더욱 절망적인 상황에 이르렀다.

11

다시 차고로 돌아와 스키복을 벗었다. 그런 다음 몸에 둘둘 감은 에어캡도 벗고, 발을 조이던 스키 부츠도 벗어버렸다.

노랑말벌과 사투를 벌인 탓에 온몸은 땀투성이가 되었다. 오른팔에 감은 검은 쓰레기봉투도 일단 떼어내기로 했다. 욕실에서 화상을 입은 부위가 부풀어 올라 가려웠지만 그리 심각하지는 않았다. 만약 여기에 말벌의 독액이 묻었다면 어떻게 됐을까? 그렇게 생각하니 등줄기가 오싹해졌다.

이대로 있으면 감기에 걸린다. 땀에 젖은 속옷을 갈아입고 싶었지만, 차고에는 갈아입을 옷이 없어 맨몸에 스키복을 입었다.

조금 남아 있던 천 조각을 2리터들이 캔에 넣고 모닥불을 피우려고 한 순간, 식용유와 가스점화기를 거실에 두고 온 것이 떠올랐다.

다행히 차고에 남아 있는 성냥이 눈에 들어왔다. 하지만 불은 좀처럼 붙지 않고, 아까운 성냥은 계속 사라졌다.

이제 성냥이 얼마 남지 않았다. 이것으로 불을 붙이지 못하면 얼어 죽을지도 모른다…….

불이 붙지 않은 성냥개비를 모아 캠프파이어의 장작처럼 쌓아 올렸다. 그리고 주변에 가늘게 찢은 천 조각을 놓고 새 성냥을 켰다.

됐다! 다행히 성냥에 불이 붙었다. 그런데 천 조각에 불이 붙을 기미는 보이지 않았다. 이대로 성냥이 다 타버리면 모든 것이 물거품이 되고 만다.

순간적으로 결심하고, 남아 있는 성냥을 전부 부었다. 그리고 한층 높이 피어오른 불꽃 위에 성냥갑을 던져 넣었다. 불을 지피는 것은 이번이 마지막 기회다. 실패하면 모든 게 끝장이다.

마른침을 삼키며 지켜보자 성냥이 활활 타오르면서 천 조각에 불길이 옮겨 붙었다. 겨우 안도의 한숨을 내쉬었다.

모닥불을 지피는 데에는 성공했지만, 남은 천 조각으로 볼 때 불길을 유지할 수 있는 것은 고작 몇 분밖에 되지 않을 것이다. 나는 땀에 젖은 울 스웨터와 속옷을 불길에 쪼였다.

차고의 창문을 통해 밖을 내다보았다. 다시 눈이 내리는 것 같지만, 눈이 침침해서 잘 보이지 않는다. 벌 독 알레르기 증상이 이어지고 있는 것이다. 눈이 정상으로 회복될 때까지는 시간이 꽤 걸릴지도 모른다. 조심스럽게 손으로 만지자 두 눈이 퉁퉁 부은 것 같았다. 목에도 불쾌감이 남아 목소리가 잘 나오지 않는다.

그렇다고 계속 한숨만 쉬고 있을 수는 없다. 뭔가 다른 방법을 생각해내야 한다.

분명히 반경 몇 킬로미터 안에는 인가가 없다. 도움을 구하기 위해 걸어가면 도중에 조난을 당할 가능성이 높다. 더구나 신발은 걷기 힘든 스키 부츠밖에 없다.

그렇다면 천이나 에어캡으로 발을 감싸고 검 테이프로 고정하면 되지 않을까?

지금은 진지하게 대탈출 계획을 생각해야 한다.

속옷과 스웨터만 마르면 일단 추위를 막을 수 있다. 눈으로 뒤덮여 있다고 하지만 도로를 따라가면 길을 잃을 우려는 없다. 나머지는 체력만 받쳐주면 되는데…….

도저히 자신감이 생기지 않는다. 아까부터 다리와 허리가 제대로 말을 듣지 않는다. 자칫 잘못하면 도중에 걸을 수 없게 될지도 모른다는 불길한 예감이 가슴을 파고들었다.

즉석에서 만든 천 신발을 신고 과연 몇 킬로미터를 걸을 수 있을까?

혀를 차며 고개를 가로저었다.

자동차가 지나가길 기대해볼까?

다시 안이한 생각이 고개를 치켜들었지만, 그것이 달콤한 공상에 불과하다는 것은 알고 있다. 눈보라가 휘몰아치는 이런 날씨에 누가 차를 끌고 나오겠는가!

……아니다. 차는 틀림없이 올 것이다.

불쾌한 현실을 떠올리자 입술이 일그러졌다.

유메코와 미사와는 반드시 이 산장에 올 것이다. 내가 죽었는지 살았는지 확인하고, 증거를 없애기 위해서…….

도로를 따라 타박타박 걸어가면 그들과 정면으로 마주칠 것이다.

안 된다. 그것만은 반드시 피해야 한다.

그들과의 대결을 피할 수 없다면 조금이라도 유리한 곳을 선택해야 한다. 숨을 장소가 없는 도로에서 싸워선 이길 방법이 없다.

머리를 흔들고 시선을 불길로 돌렸다. 속옷과 스웨터는 거의 말랐으리라.

막상 입어보니 조금 덜 마르긴 했지만, 나도 모르게 숨을 길게 내뱉을 만큼 따뜻했다.

……차라리 횃불이라도 피워볼까? 운이 좋으면 누군가 알아차릴지도 모른다.

다시 산장에 불을 지르고 싶은 충동이 끓어올랐다. 그러면 말벌까지 뿌리째 없앨 수 있지 않을까? 위험한 유혹이 스멀스멀 피어올라 소용돌이친다.

불길을 내뿜고 있는 2리터들이 캔을 내려다보았다. 이것을 들고 산장 안으로 들어가면 쉽게 불을 붙일 수 있으리라.

물론 무턱대고 들어가는 것은 위험하지만, 문을 열고 주변에 말벌이 없는 것을 확인하면 된다. 이렇게 추운 날씨에 녀석들이 밖으로 나올 리 없다. 아까처럼 한동안 문을 열어두면 녀석들은 어딘가로 숨을 것이다. 그런 다음 유유히 거실로 들어가면 된다. 가구처럼 불에 잘 타는 물건은 얼마든지 있으니까…….

다음 순간, 새로운 아이디어를 떠올리고 멍하니 입을 벌렸다.

지금 무슨 생각을 하는 건가. 산장에 불을 지를 필요가 어디 있는가.

문을 열어 실내의 온도를 내리기만 하면 되지 않는가.

말벌들이 지하실이나 환기구로 피하면 산장 안에 있는 물건을 마음대로 사용할 수 있다. 불붙일 만한 물건을 가지고 나와 정원에서 모닥불을 피우면 되는 것이다.

그러는 김에 지하실 문을 닫으면 된다. 그러면 지하실의 장수말벌은 완벽하게 격리할 수 있다. 천장 위에 노랑말벌을 가두려 했을 때보다 훨씬 간단한 것이다. 물론 이미 둥지 밖으로 나온 벌도 있겠지만, 그 수는 얼마 되지 않고 추위 때문에 마음대로 움직이지 못할 테니 큰 위협은 되지 않을 것이다.

입가에 미소가 떠올랐다. 나 참 어이가 없어서. 지금까지 왜 이렇게 간단한 방법을 깨닫지 못했을까?

지금 생각하면 처음에 이 차고로 대피했을 때 마음을 가라앉히고 냉정하게 판단해야 했다. 반격에 사용할 물품을 제법 발견하면서 말벌을 퇴치하고 싶은 욕구로 머리가 가득 찬 것이다.

하지만 이제 됐다. 앞으로 할 일은 아까만큼 위험하지 않다.

방침을 정하자 마음이 조금 편해졌다.

산장 안에 바깥 공기를 넣어 온도를 낮출 때에는 추위를 견뎌야 한다. 모닥불이 꺼지기 전에 조금이라도 온기를 받아들여 몸을 따뜻하게 해두자.

눈을 감자 갑자기 피로가 몰려왔다.

이번에야말로 말벌들에게 한 방 먹일 차례라고 생각했는데, 어이없이 공격을 받고 말았다.

나는 왜 그 녀석들을 이기지 못한 것일까?

굴욕은 질척질척한 피로감과 하나로 섞여 마음 깊은 곳에 거무칙칙하게 가라앉았다.

어느새 나는 깜빡깜빡 졸기 시작했다.

안자이, 당신은 회사의 짐이자 밥벌레야.

일할 마음이 있긴 한 거야? 동료들이 매일 발바닥에 땀나도록 뛰어다니며 열심히 일하는 걸 보면서 아무 생각도 안 들어?

애초에 정신머리가 글러먹었어. 근성도 부족하고 끈기도 없고 말이야. 무슨 일이 있어도 상품을 팔겠다는 의지를 느낄 수 없다니까.

제발 정신 좀 차려. 밥값은 해야 될 거 아니야. 하루 종일 흐리멍덩한 얼굴로 축 처져 있지 말고 뭐라도 좀 해봐!

여기서 안 되는 녀석은 어디에 가도 안 돼. 여기서 버티지 못하는 녀석은 평생 어디를 가도 못 버틴다고!

사방에서 쏟아지는 매도의 소리가 꼭 시끄럽게 날아다니는 벌 떼의 울음소리 같다.

신입 사원 연수다. 신입 사원은 한 사람씩 앞으로 끌려 나가 나머지 전원에게서 온갖 비난과 욕설을 들어야 한다. 얼굴을 시뻘겋게 붉히며 끝까지 견디는 녀석도 있고, 도중에 눈물을 흘리는 녀석도 있다.

나는 그들의 말을 듣지 않았다. 아니, 말은 귀에 들어왔지만 마음에 담아두지 않았다고 해야 할까. 앞으로 끌려 나간 사람을 제외하고 나머지 전원은 어쨌든 계속 소리쳐야 하기 때문에, 말할 내용이 떨어지면 똑같은 말을 반복하든지 분위기에 휩쓸려 알아들을 수 없는 분노의 소리를 지르는 수밖에 없다. 그들의 빈약한 어휘력에 마음 깊이 연민을 느꼈다.

나는 이렇게 한심한 곳에서 욕설을 듣고 매도를 당했다고 해서 상처를 입진 않는다.

여기는 인간 사회가 아니라 양복을 입고 넥타이를 맨 사회성 곤충의 소굴이다. 구성원은 매일 부지런히 밖을 날아다니며 꿀벌처럼 꿀을 모아온다.

그들이 하는 일이 사기나 마찬가지인 선물先物 거래―매매의 실태는 없이 가치 없는 증서를 줄 뿐으로, 가치가 오를 때는 교묘하게 말해 해약에 응하지 않고 가치가 떨어지면 추가 투자 명목으로 돈을 빨아낸다―라는 것을 생각하면 영업 사원은 말벌이나 마찬가지다. 판단력이 흐려진 혼자 사는 노인을 먹이 삼아 교묘한 말로 도장을 찍게 하는 것이다.

먹이를 얼마나 많이 갈취했느냐에 따라 구성원의 가치가 정해진다. 상대를 많이 죽여 고기를 많이 만든 녀석은 칭찬을 듣고 꿀을 받을 수 있다. 한편 더러운 방법에 적응하지 못해 망설인 사람은 처절하게 비난을 받은 끝에 목이 잘린 채 구경거리가 된다.

그렇다. 너라면 할 수 있다. 힘을 내라! 다시 태어났다는 생각으로 이를 악물어라. 사람은 죽었다고 생각하면 뭐든지 할 수 있다.

나 다음에 나간 남자는 욕설의 폭풍우를 견디지 못하고 눈물을 흘렸다. 그러다 완전히 표변해 새롭게 태어나겠다고 맹세하고는 전원에게 뜨거운 박수와 격려를 받은 후 다시 눈물을 머금었다. 거의 무반응에 가까운 내 태도에 스트레스를 받은 사람들이 그 분노까지 더해 남자에게 쏟아낸 것이다.

이 녀석들, 지금 제정신인가?

눈물을 흘리며 껴안는 그들을 보면서 나와 사회 사이에 놓여 있는 그레이트리프트밸리(Great Rift Valley, 아시아 남서부 요르단에서 아프리카 동남부 모잠비크까지 뻗은 세계 최대의 지구대)보다 깊은 괴리감을 실감했다.

여기는 벌의 소굴이다. 정상적 인간은 도저히 익숙해질 수 없는 곳이다. 어쩌면 이 나라에 내가 있을 곳은 어디에도 없지 않을까?

이번 달에도 꼴등은 당연히 안자이야. 여러분, 박수! 안자이가 평균을 낮춰준 덕분에 많은 영업 사원이 평균 이상을 해낼 수 있었으니까.

영업부에서 꼴등은 도맡아 하며 나보다 나이 어린 과장에게 심한 질책을 받아도, 한심한 인간이라는 딱지가 붙어도 신경 쓰지 않았다.

여기는 가짜 무대다. 아무리 화가 나고 불쾌해도 언젠가 지나갈 인생의 한 점에 불과하다. 나는 이제 곧 소설가가 될 테니까.

그렇게 생각하자 주변에서 일어나는 사건은 전부 아무래도 상관없는 것처럼 보였다.

그러던 어느 날, 여느 때처럼 과장의 끈적끈적한 비아냥거림을 듣고 있을 때, 갑자기 무언가가 뚝 끊어지는 것을 느꼈다. 내가 왜 교양이라곤 손톱만큼도 없는 작자의 헛소리를 듣고 있어야 하는가. 그러나 그 자리에서는 아무 말도 하지 않고 폭풍우가 지나가길 잠자코 기다렸다.

그날 밤 영업 사원이 모두 퇴근하고 경비원이 순찰을 돈 뒤, 나는 책상을 정리했다.

그때 '날아가는 새는 흔적을 남기지 않는다'는 말보다 '기왕 가는 길이라면 품삯이라도 가져가라'라는 말이 마음에 더 와 닿았다. 그래서 모든 영업 사원의 책상을 뒤져, 잠겨 있지 않은 서랍에 있는 서류는 모조리 문서 분쇄기에 넣었다. 과장의 책상 위에는 작가의 상상력을 총동원해 정신이상자나 쓸 만한 무서운 저주의 말을 남겼지만, 그것만으로는 효과가 미미할지도 모른다는 생각이 들어 의자의 등받이와 시트 부분을 커터 칼로 갈기갈기 찢었다.

그래도 나를 고소하지 않은 것은 공포에 사로잡혔기 때문이 아니라, 경찰의 개입을 두려워하는 사기 집단이기 때문이리라.

눈을 떴다.

2리터들이 캔 안의 천은 연기를 내뿜으며 뿌직뿌직 타고 있었지만, 아쉽게도 이제 얼마 남지 않았다.

이제 슬슬 가보자. 신발을 대신할 만한 것이 없어서 다시 스키 부츠를 신는 수밖에 없었다. 산장 안을 둘러보면 조금 괜찮은 것을 찾을 수 있을지도 모르지만.

차고에서 밖으로 걸음을 내딛으려 할 때였다. 두 귀가 멀리서 울려 퍼지는 소리를 포착했다.

엔진 소리였다.

살았다. 한순간 안도와 환희가 솟구쳤지만, 그 즉시 다른 가능성을 떠올리고 숨을 멈추었다.

만약 유메코와 미사와가 내 죽음을 확인하러 온 것이라면?

말벌을 이용해 나를 죽이려는 계획이 실패한 것을 알면 다음에는 분명히 실력 행사로 나올 것이다. 이대로 내가 살아남으면 자신들은 살인미수로 고발당할 테니까.

차고 문을 열고 밖으로 빠져나왔다. 아까보다 바람이 강해져 눈보라로 변해 있었다.

차고 뒤에 숨어 다가오는 차를 똑바로 응시했다.

눈보라로 앞이 잘 보이지 않는 데다 아직 눈이 침침한 탓에 차의 모습이 잘 보이지 않았다. 안경에 묻은 눈 조각을 떼어내면서 어떻게든 시선을 고정하려고 했다.

아니다. 사륜차가 아니라 오토바이 같다. 그렇다고 유메코와 미사와가 아니라는 보장은 어디에도 없다. 미사와가 오토바이를 탔던가? 어떻게든 떠올리기 위해 기억의 밑바닥을 헤집어보았지만 생각나지 않았다.

눈보라를 뚫고 나타난 것은 눈길에서도 달릴 수 있는 오프로드 오토바이인 듯했다. 오토바이는 도로에서 산장 입구로 들어오더니 산장 앞에서 멈추었다. 시동을 끄고 운전자가 내렸다.

누구일까? 필사적으로 눈을 가늘게 떴다. 상대는 상·하의 모두 검은색 옷을 입고 있다. 체격으로 볼 때 남자라는 것은 분명하지만, 시야가 흐린 데다 마치 〈스타워즈〉에 나오는 다스 베이더처럼 오프로드용 헬멧을 쓰고 있어서 알아볼 수 없었다.

차고 뒤에서 나와 몸을 낮추고 조심스럽게 다가갔다. 머리를 덮은 하얀 스웨터와 아이보리색 스키용 재킷 덕분에 눈에 잘 띄지 않을 것이라고 생각했지만, 갑자기 돌아보면 들키지 않는다는 보장은 없었다.

호리호리한 남자의 모습이 아까보다 똑똑히 보였다.

다케마쓰인가……. 하지만 확신할 수 없었다.

"안자이 선생님! 계십니까?"

저 목소리는…… 분명히 다케마쓰다! 이번에는 틀림없다! 엉거주춤한 자세를 펴고 벌떡 몸을 일으켰다. 이제 목숨을 부지할 수 있다. 다케마쓰 덕분이다. 역시 저 녀석은 유능한 편집자다. 이 은혜는 언젠가 반드시 보답하기로 하자.

"이보게! 여기야! 나 여기 있어!"

목청껏 소리쳤지만, 실제로 성대를 뚫고 나온 것은 가냘픈 쉰소리에 불과했다.

예상한 대로 내 목소리는 눈보라에 파묻혀 그의 귀에까지 닿지 않은 것 같다.

"안자이 선생님!"

그는 현관문에 손을 댔다. 이윽고 잠겨 있지 않은 것을 알아차렸는지, 헬멧을 벗고 안으로 들어갔다. 뒤따라가려 했지만 눈에 발목이 잡혀 앞으로 고꾸라졌다.

다시 일어나 겨우 현관문에 도착했을 때, 한순간 다케마쓰의 뒷모습이 보였다. 지하실 문이 반쯤 열려 있고, 소화기가 떨어져 있는 것을 수상하게 여긴 것 같다.

그는 문을 열고 지하로 내려가려 했다.

"안 돼! 들어가면 안 돼! 들어가지 마!"

목이 터져라 소리쳤다. 하지만 실제로는 모기 울음소리처럼 가냘픈 소리가 나올 뿐이었다.

계단을 내려가는 다케마쓰의 발소리가 들렸다.

이어서 계단을 헛디뎌 아래로 떨어지는 듯한 소리가 귀로 파고들었다.

계단에 있던 미끄럼 방지 매트 함정이다. 하늘을 올려다본 채 입술을 깨물었다. 이럴 줄 알았으면 그것을 원래대로 해두지 않았을 텐데…….

"으아아아……!"

이어서 다케마쓰의 비명과 장수말벌의 날갯소리가 들렸다.

그의 비명은 잠시 이어지다 갑자기 뚝 끊어졌다.

지그시 눈을 감았다.

불길과 소화기 공격을 받고 예민해진 장수말벌들이 일제히 그를 공격했으리라. 벌 독 알레르기가 없어도 도망칠 곳이 없는 좁은 지하실에서 장수말벌이 떼로 공격하면 목숨을 부지할 수 없다.

다시 날갯소리가 들렸다. 지하실에서 장수말벌 두 마리가 나타나 나를 향해 일직선으로 날아왔다. 나는 방향을 바꾸어 현관문을 통해 밖으로 대피했다.

그렇다. 다케마쓰의 오토바이가 있다!

숨을 헐떡이며 오토바이로 다가갔다. 시동을 끈 지 얼마 되지 않아 아직 따뜻했다. 만약 열쇠가 꽂혀 있다면 이것을 타고 도망칠 수 있다.

그러나 달콤한 기대는 어이없이 무너졌다. 이렇게 인가가 없는 곳에서 무슨 도난의 위험이 있다고 열쇠를 뽑아 간단 말인가. 아마 평소의 습관 때문이리라.

그렇다면 지금 열쇠는 그가 가지고 있을 것이다.

순간적으로 어떻게든 시신에서(안됐지만 그는 이미 죽었다고 간주하는 수밖에 없다) 열쇠를 가져올 방법이 없을까 생각했다. 하지만 흥분한 장수말벌의 소굴로 들어가 열쇠를 가져오는 것은 미친 짓이나 다름없다.

잠시 생각에 잠겨 있다 오토바이를 눈 쌓인 곳으로 끌고 갔다. 그리고 두 손으로 눈을 파낸 뒤 오토바이를 그 안에 넣고 위에도 눈을 덮었다.

특별한 속셈이 있어서 그렇게 한 것은 아니다. 다만 언젠가 유메코와 미사와가 나타나리라는 확신이 있었다. 그들이 오토바이를 발견하면 이상하게 생각하리라.

그때 앞쪽에 봉긋하게 눈이 쌓여 있는 곳이 시야에 들어왔다. 꼭 누군가의 무덤처럼 보인다.

시선을 돌려 납색 하늘을 올려다보았다.

눈과 바람은 점점 거세지고 있다.

휘몰아치는 바람에 날리면서 가끔 회오리바람에 의해 솟구치는 눈보라가 마치 새하얀 말벌 떼처럼 보였다.

12

창문을 열어둔 탓에 산장 안은 냉장고처럼 싸늘해졌다.

나는 주방에서 담요를 덮고 전기포트를 껴안은 채 추위에 바들바들 떨었다.

처음에는 말벌들이 사라지면 불에 탈 만한 것을 정원에 쌓아 화려하게 캠프파이어를 할 계획이었다. 하지만 그렇게 하면 유메코와 미사와가 돌아왔을 때 대처할 방법이 없어진다.

차라리 그들이 여기로 돌아올 것에 대비해 잠복하는 게 낫지 않을까? 이제 그것 말고는 살아날 길이 없는 것처럼 보였다.

그러나 그럴 경우 허탕을 칠 가능성도 생각해야 한다. 언젠가 오긴 오겠지만 하루나 이틀 뒤에 오면 그동안 얼어 죽든지 폐렴에 걸려 죽을지도 모른다.

머리를 싸안고 생각한 끝에, 두 사람이 오늘 안으로 온다는 쪽에 걸기로 했다.

그들은 나를 죽이기 위해 이렇게 치밀한 함정을 파놓았다. 따라서 조금이라도 빨리 결과를 확인하고 싶으리라. 그리고 산장에 손님이 오는 일은 거의 없지만, 다케마쓰처럼 생각지 못한 불청객이 올 수도 있다. 시신이 방치된 채 있다고 생각하면 불안해서 견딜 수 없으리라.

그들이 왔을 때 기습 작전을 펼치려면 산장 안에서 기다리는 수밖에 없다. 그리고 아직 장수말벌이 많이 남아 있는 실내에서 장시간 기다리려면 안의 온도를 바깥과 똑같이 낮추는 수밖에 없다.

이렇게 추위를 견디는 것 말고는 다른 방법이 없는 것이다.

이렇게 해서 장수말벌이 얼어 죽는다면 버티는 보람이 있겠지만, 녀석들은 대부분 난방이 잘된 따뜻한 지하실에 편안히 틀어박혀 있을 뿐이다. 밖으로 나온 말벌도 대부분 환기구 안으로 피신했으리라.

실내 온도를 낮춘 것의 장점은 단 하나, 온도가 내려간 덕에 독액의 분무로 인한 알레르기 증상이 조금 가벼워졌다는 것 정도일까?

곱은 몸을 움직이고 꽁꽁 언 손과 손을 비비면서 생각에 생각을 거듭했다.

그들은 나를 죽이기 위해 말벌을 이용하는 시나리오를 선택했다.

왜 이렇게 복잡한 방법을 선택한 것일까? 그것은 처음부터 머릿속에서 떠나지 않은 커다란 의문이다. 누군가를 살해하는 방법으로는 최악이라고 할 수 있다. 확실성이 부족한 데다 산장 안에 부자연스러운 공작의 흔적이 남게 된다.

처음에는 나를 괴롭히기 위해서가 아닐까 생각했지만, 유메코는 사디스트적 성격이 아니고 내게 그렇게까지 원한을 품을 이유가 없다.

그래서 순수하게 이익이라는 관점에서 생각하자 두 가지 유력한 동기가 떠올랐다.

첫 번째는 보험금이다.

정확히 기억나진 않지만 나는 상당히 고액의 생명보험에 들었다. 보험에 가입할 때 그녀가 적극적으로 권한 것 같다. 그리고 내가 죽은 경우 보험금을 받는 사람은 그녀다.

잠깐만. 병으로 사망한 경우에는 계약한 보험금만 받지만, 재해 사망 특약에 가입해 불의의 사고로 사망한 경우에는 보험금이 두 배가 되지 않던가.

어디까지가 불의의 사고인지 잘 모르지만, 말벌에 쏘여 죽은 경우는 당연히 해당되리라.

즉 그들은 시신을 태우거나 매장해 내가 실종된 것으로 처리하지 않고, 불의의 사고로 죽은 것으로 위장할 생각이다.

……그렇다면 이 산장에서 죽는 것은 좋지 않다. 11월의 야쓰가타케에서 말벌에 쏘이고 산장 안에 말벌의 소굴이 있다면, 경찰이나 생명보험 회사에서 의아하게 여길 것은 뻔하지 않은가.

그러면 어디서 쏘인 것으로 할까?

아마 집 주변이리라. 집 주변이라면 이 계절에 말벌이 돌아다녀도 이상하지 않을 테니까.

세타가야[世田谷] 집의 어딘가, 다락방이나 창고 근처에 말벌이 둥지를 틀었다는 식으로 시나리오를 짜놓았을 것이다. 집이라면 그들 마음대로 위장 공작을 펼칠 수 있다. 말벌의 둥지와 사체를 조금 준비해두고 그중 몇 마리에 쏘여 죽었다고 주장하면 된다.

이 방법에는 또 한 가지 이점이 있다. 말벌의 독침은 흉기로 특정하기 어렵지 않을까?

과학경찰연구소에서 말벌의 사체를 가져간다 해도 말벌이 죽은 날짜와 시간을 특정하긴 어려울 테고, 그 말벌이 사인인 흉기인지 아닌지 밝히는 것도 불가능하지 않을까? 노랑말벌에 쏘인 상처와 장수말벌에 쏘인 상처가 섞여 있어도, 상당히 정밀히 조사하지 않는 이상 구분하지 못할 것이다.

말벌에 쏘인 환자는 차에 태워 병원으로 이송하기 때문에 현장을 그럴듯하게 위장할 필요도 없다. 경찰이 어디서 쏘였느냐고 물으면 그제야 집을 보여주면 된다.

계획적 살인 사건임을 모르게 하면서도 재해 사망이란 이유로 보험금은 두 배가 된다. 이것은 불확실성을 보충하고도 남는 절묘한 방법일지 모른다.

생각이 거기에 미치자 유메코가 나 없는 틈을 이용해 미사와를 집에 불러들이는 모습이 떠올랐다. 나를 살해하기 위한 준비 공작은 분명히 그들의 정사情事에 자극제가 되었으리라.

모든 것이 퍼즐의 조각처럼 딱딱 맞아떨어졌다.

하지만 아직 납득할 수 없는 점도 있다.

내가 벌에 쏘여 죽은 것으로 위장하는 일은 그렇게 어렵지 않다. 술에 취하게 한 뒤 말벌을 집어넣은 컵을 몸에 대고 있으면 된다. 그러면 말벌은 패닉에 빠져 몇 번이고 독액을 주입해 나를 확실히 죽음에 이르게 하리라.

왜 그런 방법을 선택하지 않았을까?

얼음장처럼 차가워진 손을 비비면서 생각했다.

내가 범인이라면 그렇게 했을 것이다. 그러는 편이 더 직접적이고 확실하니까.

그러나 유메코와 미사와는 그렇게 하지 않았다.

무엇 때문일까?

안자이 도모야의 작품에는 주도면밀하게 만든 함정 안에 목표물을 방치하는, 언뜻 보기에 번거롭고 불확실한 방법이 등장하는 경우가 많다.

하지만 그것은 피해자가 악전고투하는 장면이 서스펜스의 재미이기 때문이다. 또한 도미노 게임처럼 치밀한 계획을 하나씩 풀어나가는 장면에는 미스터리가 아니면 맛볼 수 없는 기묘한 쾌감이 있다.

범인은 일그러진 귀족적 취미라고나 할까, 범행 시각에 멀리 떨어진 곳에서 커피나 브랜디를 마시며 피해자가 죽길 편안히 기다리는 것이다.

그러나 유메코는 절대 그렇게 음습한 자기만족에 젖는 타입이 아니다.

미사와도 현장 실험이 많은 이과계 연구자인 만큼 조금 더 실질적인 방법을 즐기지 않을까?

눈을 감고 생각에 잠겼다. 수수께끼의 해답은 유메코의 성격에서 찾을 수 있을 것 같다.

……그녀는 자기 손으로 생물을 죽이지 못한다. 바퀴벌레만 나와도 온갖 야단법석을 피우며 나를 부른다. 그런 에피소드를 내 에세이에 몇 번 소재로 사용한 적이 있다.

그것이 이렇게 복잡한 방법을 선택한 이유일까?

분명히 그런 성격도 한몫했을 것이다. 하지만 꼭 그것 때문이라고는 할 수 없다.

그녀가 쓴 그림책에서는 몇 가지 공통적 인생관을 발견할 수 있다.

인생은 한 번밖에 없다. 따라서 후회하고 싶지 않다.

한번 지나가면 다시는 돌아오지 않는 소중한 시간. 따라서 살아 있는 동안 아름다운 것, 소중한 것, 좋아하는 것에 둘러싸이고 싶다.

이 세상에 존재하는 추한 것과 무서운 것은 되도록 생각하고 싶지 않다. 그런 것은 가능하면 마음속에서 없애버리고 싶다.

그래, 역시 그렇다.

그녀의 작품에 자주 등장하는 인상적인 표현이 있다. "기억을 더럽히고 싶지 않다"라는 표현이다.

《살아가는 것, 살리는 것》이리라. 그녀의 대표작인 그 그림책에 이런 대사가 있다.

"너희가 여기서 길쭉다리 아저씨를 버리면 앞으로 계속 그 기억을 껴안은 채 살아가야 돼. 죄의식으로 더럽혀진 기억을……."

보통 그림책에는 쓰지 않을 생경한 표현이지만, 이것이 유메코의 독특한 표현 방식이다. 이 말을 한 것은 대모벌(빌어먹을, 또 벌이다!) 히로미. 독특한 미의식을 가진 여장부 캐릭터로 작은 얼굴과 조청색 날개, 아치형 더듬이가 매력 포인트다.

《살아가는 것, 살리는 것》의 무대는 의인화한 곤충 세계다. 대부분의 곤충은 풍부한 감성과 예술적 소양을 갖추고, 바르비종(프랑스의 작은 시골 마을)풍의 예술가 마을을 만들어 살고 있다.

주인공은 멋있고 예의바른 쌍살벌 쇼였다. 항상 하늘하늘 날아다니는 꾸정모기 하루오와 장님 거미 우사부로에게 왠지 모를 친근감을 느끼고 '길쭉다리 동맹'을 결성한다(쌍살벌과 꾸정모기, 장님 거미의 다리는 모두 기이하리만큼 길고 가느다랗다).

길쭉다리 아저씨라는 별명으로 불리는 우사부로는 너무나 연약하고 운이 없는 곤충으로, 툭하면 구덩이에 빠지는 등 재난을 당하기 일쑤다. 그때마다 쇼와 하루오가 동료 곤충의 도움으로 구해주는 것이 정해진 패턴이었다.

그러던 어느 날, 우사부로가 인간 마을의 정원에 있는 빗물받이 안에 빠진다. 빗물을 하수도로 내보내기 위해 땅속에 묻어놓은 것으로, 위쪽에는 쇠창살이 있다. 더구나 쇠창살 위에 양동이가 놓여 있어서 덩치가 큰 곤충은 들어갈 수 없을 정도로 틈새가 좁다.

빗물받이의 바닥에 떨어진 우사부로가 여느 때의 대사를 토해낸다.

"아아! 이거 큰일 났구먼."

"우사부로, 괜찮아? 다친 덴 없어?"

쇼가 걱정하며 지상에서 묻는다. 틈새가 너무 좁아 우사부로 말고는 도저히 들어갈 수 없다.

"내 걱정은 안 해도 된다네. 난 이미 살 만큼 살았으니까."

우사부로가 연약한 목소리로 대답했다. 말투는 늙은이 같지만, 나이는 쇼와 같은 젊은이다.

"그런 말 하지 마! 네 힘으로 올라올 수 있겠어?"

"그건 힘들 것 같네. 물이 몸에 달라붙은 탓에 뜻대로 움직일 수 없구먼."

빗물받이에 고인 물이 몸을 휘감아 우사부로는 꼼짝도 할 수 없었다.

쇼를 비롯한 곤충들이 어찌할 줄 모르고 전전긍긍할 때, 여장부 대모벌인 히로미가 등장한다. 그리고 길쭉다리 아저씨를 버리면 앞으로 계속 죄의식으로 더럽혀진 기억을 껴안은 채 살아가야 한다는 명대사를 말하는 것이다.

쇼는 동료들에게 도움을 청하기로 했다. 일단 무당거미인 기누요의 집에 가서 튼튼한 밧줄을 만들어달라고 부탁한다. 기누요는 레이스 뜨기로 둥지를 만드는 게 취미인 세련된 거미로, 쇼의 부탁을 흔쾌히 받아들이고 특별히 끈적이지 않는 실로 튼튼한 밧줄을 만들어준다.

그런 다음 도예가인 호리병벌 비젠에게 빗물받이의 좁은 틈새를 통과해 우사부로가 들어갈 수 있는 호리병을 만들어달라고 했다(그나저나 유메코의 그림책에는 왜 이렇게 벌이 자주 등장하는 것일까).

그리고 소금쟁이 서퍼 가이토와 그의 동료들을 만난다. 우사부로를 구하기 위해서는 그들의 도움이 꼭 필요하다. 그들은 쇼의 부탁에 처음엔 난색을 표하지만—도와주기 싫은 게 아니라 너무 어려운 일이기 때문이다—쇼의 열의에 감동해 발 벗고 나서기로 한다.

가이토 구조대는 하수도에서 도랑을 거슬러 올라가 천신만고 끝에 빗물받이에 도착한다. 그리고 우사부로를 표면장력의 덫에서 구해낸 다음, 쇼가 내려준 밧줄 끝에 매달린 호리병 안에 집어넣는다.

그때 지상에서는 아름답긴 하지만 머리가 별로 좋지 않은 호랑나비 미우가 모두의 힘을 북돋워주려는 듯 열심히 춤을 추고 있다.

이윽고 다 같이 노력한 보람이 있어서 우사부로는 무사히 구출된다.

"와아, 살았다! 정말 다행이야!"

"애들아, 잘했어! 다들 최선을 다했어!"

마지막은 벌레들의 분투를 지켜보고 있던(그럴 바에야 빨리 구해주면 좋을 텐데) 아이들의 환호성으로 마무리한다.

거기까지 떠올리고 나도 모르게 얼굴을 찡그렸다.

설마 그렇진 않겠지만 혹시 그때 그 일이 영향을 끼친 것은 아닐까?

3년 반쯤 됐을까? 가도카와쇼텐의《야성시대》에 실린 단편이 떠올랐다. 나 자신도 장난이 좀 지나쳤다고 생각하지만…….

'원작자 비공인/명작의 속편'이란 특집으로, 고전 명작 중 하나를 선택해 자기 멋대로 그 이후의 이야기를 쓰는 것이었다. 아쿠타가와 류노스케[芥川竜之介]나 나쓰메 소세키[夏目漱石] 등의 고전 작품부터 야마다 후타로[山田風太郎]나 마쓰모토 세이초[松本清長]의 단편에 이르기까지 다양한 작품이 등장했지만, 나는 매우 독특하고도 기이한 작품을 선택했다. 유메코의《살아가는 것, 살리는 것》을 선택한 것이다.

그림책에다 대단한 베스트셀러이긴 하지만 누구나 아는 명작이라곤 할 수 없다. 그러나 줄거리가 간단해서 소개하긴 쉬웠다. 더구나 현대 작품이라도 저작권자가 유메코라면 고소당할 우려가 없다.

조금 예리한 독자라면 마감에 임박해 어쩔 수 없이 선택했다는 것쯤은 짐작하겠지만…….

원작자가 인정하지 않은 속편《살아가는 것, 죽이는 것》은 이런 이야기였다.

"아아! 이거 큰일 났구먼."

바람에 날려 거대한 물웅덩이에 빠진 우사부로는 여느 때의

153

대사를 토해냈다.

"괜찮아? 안 다쳤어?"

하필 그 자리에 있는 것은 아름답긴 하지만 머리가 별로 좋지 않은 호랑나비 미우뿐이었다.

"내 걱정은 안 해도 되네. 이미 살 만큼 살았으니까."

우사부로는 영감탱이 말투로 연약하게 대답했다.

"그런 말이 어디 있어? 걱정하지 마. 꼭 구해줄 테니까!"

"그건 힘들 것 같네. 물에 갇혀서 몸을 움직일 수 없구먼."

갈색 물이 기다란 다리를 붙들어 우사부로는 꼼짝도 할 수 없었다.

"내 손을 잡아."

미우는 우사부로 위에 하늘하늘 내려앉아 어떻게든 끌어올리려고 했다. 그런데 미우가 아무리 애써도 우사부로는 기다란 여덟 개의 다리를 수면 위로 올릴 수 없었다. 더구나 미우의 손이 우사부로의 다리에 닿은 순간, 오히려 미우가 풍덩 물웅덩이에 빠지고 말았다.

"어머나, 어떡해! 미우 살려!"

몸이 작은 곤충에게 물의 점성은 벌꿀이나 마찬가지다. 인분이 있는 날개를 제외하고 온몸에 물이 달라붙는 바람에 미우는 죽을힘을 다해 소리쳤다.

그러자 그 소리에 대답하듯 수면 위를 획획 미끄러지면서 다가오는 수많은 그림자가 있었다.

소금쟁이 가이토와 그의 친구들이다.

"아, 소금쟁이들이 구해주러 왔다!"

"다행이다! 얘들아, 부탁해. 쟤네들을 구해줘."

주변에서 지켜보던 곤충들이 제각기 성원을 보낸다.

가이토와 그의 친구들은 대열을 짜서 앞으로 나아가더니 미우와 우사부로의 주위를 에워쌌다.

"소금쟁이들이 어떻게 구해줄까?"

"다 같이 힘을 합쳐 기슭까지 밀고 가지 않을까?"

"등에 올리면 될 텐데."

곤충들의 천진난만한 목소리에 점차 공포의 감정이 실리기 시작했다.

"어? 뭐 하는 거지?"

"뭔가 좀 이상해. 구하러 온 게 아닌 것 같아."

곤충들은 점차 말이 없어지더니, 잠시 후 무서운 진실을 목격하고 목이 터져라 비명을 질렀다.

"아아, 이럴 수가……. 안 돼!"

"너무해. 그러지 마!"

"제발 그만둬!"

소금쟁이뿐 아니라 물장군이나 장구애비, 물방개 등 대부분의 수생곤충은 물에 빠진 다른 곤충의 체액을 빨아먹는 습성이 있다.

굶주린 소금쟁이 동료들에게 미우와 우사부로는 하늘에서 오랜만에 내려준 진수성찬이었다.

글을 쓰는 도중에 잠시 이렇게 써도 괜찮을까 생각한 것이 기억난다.

유메코가 이 글을 읽으면 머리끝까지 분노가 치밀어오를 것이 뻔했기 때문이다.

그러나 태곳적부터 이어진 곤충들의 본능인 잔인한 살육극은 거기서 끝나지 않았다.

"살려줘. 부탁이에요. 제발 살려주세요."

무당거미의 거미줄에 걸린 꾸정모기 하루오가 비통하게 소리쳤다.

"미안해서 어쩌지? 하지만 이게 내 본성이거든."

거미줄의 주인인 기누요가 생글생글 웃으면서 끈적한 실로 하루오를 칭칭 감았다.

"그 대신 비단보다 아름다운 광택이 도는 최고의 수의를 만들어줄게."

그때 쌍살벌인 쇼가 나타났다.

"기누요 아줌마! 그거 혹시 하루오 아니에요?"

"맞아. 내가 지금 예쁘게 감싸주는 중이야."

"그럴 수가! 안 돼요! 제발 살려주세요!"

"이런, 이런! 내가 왜 이 녀석을 살려줘야 하지? 거미에게 그런 말은 안 통해."

기누요는 하루오를 교묘하게 돌리면서 이집트의 미라처럼 만들었다.

"하루오를…… 하루오를 풀어줘!"

더 이상 참지 못하고 쇼가 버럭 고함을 쳤다.

"우리는 길쭉다리 동맹이야!"

쇼가 날카로운 벌침을 드러내자 기누요는 한숨을 쉬며 미소를 지었다.

"할 수 없군……. 알았어."

"뭐? 그럼 하루오를 풀어줄 거야?"

"그래, 풀어줄게. 그러니까 너도 와서 좀 도와줘."

"알았어."

쇼는 황급히 미라처럼 변한 하루오 옆으로 다가갔다.

"그쪽 실은 달라붙지 않으니까 발을 올려놓아도 돼."

하지만 기누요가 말한 실은 무서우리만큼 끈적거려서 발을 올려놓은 순간 쇼는 꼼짝도 할 수 없었다.

"아아, 이럴 수가! 발이 떨어지지 않아!"

"잠시만 기다려."

기누요는 쇼의 옆으로 다가가더니 엉덩이에서 실을 쏘아 빙글

빙글 감았다.

"무슨 짓이야?"

"너도 하루오와 같이 있는 편이 좋잖아. 너희는 길쭉다리 동맹이니까."

기누요는 여덟 개의 다리를 절묘하게 이용해 재빨리 실로 쇼를 감더니 하루오 옆에 매달았다.

그러고는 조금 미안한 표정으로 말했다.

"미안해. 하지만 이게 자연의 섭리거든. 너희의 죽음은 결코 헛되이 하지 않을게. 부디 이 세상에 미련을 남기지 말고 내 아이를 위한 자양분이 되어줘."

"이럴 수가……. 나를 속이다니. 너무하잖아!"

쇼는 두 눈에 분노를 가득 담고 하루오를 쳐다보았다. 하지만 하루오는 이미 눈앞에 놓인 운명을 받아들인 듯 공허한 눈을 뜬 채 꼼짝도 하지 않았다.

그때 쇼의 눈이 작은 그림자를 포착했다. 누군가가 나뭇잎 뒤에서 그를 지켜보고 있었다. 저것은 대모벌인 히로미가 아닌가.

쇼가 구해달라고 외치려 하자 히로미는 '쉿! 조용히 해!'라는 식으로 오른손 검지를 입술에 댔다. 쇼는 할 수 없이 이를 악물고 침묵을 지키기로 했다. 이제 곧 히로미가 구해줄 것이라고 믿으면서……

"자, 어느 쪽부터 먹어볼까? 쇼가 더 즙이 많을 것 같은데. 난

맛있는 건 나중에 먹는 성격이거든."

기누요는 거미줄에 매달린 하루오를 끌어올려 몸속에 소화액을 주입한 다음, 질척질척하게 녹아내린 내용물을 맛있게 빨아먹기 시작했다. 쇼는 공포로 온몸을 덜덜 떨면서도 히로미가 구해줄 것을 믿고 목구멍까지 솟구친 비명을 집어삼켰다.

"에계! 역시 하루오는 너무 말라서 애피타이저도 안 되네."

하루오를 먹어치운 기누요가 어느새 식탐을 드러내며 쇼 쪽을 향했다.

"그럼 이제 메인 디시를 먹어볼까?"

"잠깐! 이러지 마! 살려줘, 히로⋯⋯."

쇼가 소리를 지르자 기누요가 실로 칭칭 감아 쇼의 입을 막았다.

"전에 말한 적이 없던가? 난 시끄러우면 식욕이 사라지는 성격이거든."

기누요는 그렇게 말하더니 쇼의 몸에 날카로운 이빨을 꽂았다.

살아 있는 상태에서 내장이 녹아내리는 고통에 시달리며, 마지막 발버둥과 함께 쇼의 목숨은 서서히 끊어졌다.

기누요는 걸쭉한 수프로 변한 쇼를 한 방울도 남김없이 빨아먹고 나서 후욱 숨을 내쉬었다.

"아아, 배부르다. 이제 내 아기들에게도 영양이 골고루 갔을 거야."

그때 희미한 날갯소리가 들렸고, 기누요는 뒤를 돌아보았다.

하지만 이미 때는 늦었다. 조청색 물체가 번개처럼 습격해 기누요를 거미집에서 떨어뜨린 것이다.

"누구야…… 히로미?"

그것이 기누요가 이 세상에서 마지막으로 한 말이었다. 히로미는 기누요의 신경총에 침을 박은 뒤 독액을 주입했다. 하지만 기누요는 금방 숨을 거두진 않았다. 대모벌의 독액은 사냥감을 마비시킬 뿐이다.

"기누요, 미안해. 하지만 네 몸은 헛되이 하지 않을 테니 안심해. 난 예전부터 계속 너를 노리고 있었거든."

히로미는 아름다운 아치 모양의 더듬이를 흔들면서 말을 이었다.

"쇼와 하루오를 구해줄 수도 있었지만, 너에게 최후의 만찬을 즐기게 해주고 싶었어. 그러는 편이 영양이 더 좋아질 테니까."

히로미는 마비된 기누요―히로미보다 훨씬 크다―를 끌고 갔다. 그리고 한참 떨어진 곳에 깊은 구멍을 파더니 기누요를 그 안에 넣고 알을 낳았다.

"앞으로 많이 괴롭겠지만 조금만 참아. 내 아이가 먹는 동안엔 살아 있어야 하니까. 안 그러면 도중에 썩어버리잖아. 아마 그동안 계속 의식이 있을 거야. 좀 가엾긴 하지만 이게 자연의 섭리니까 어쩔 수 없어. 너도 아까 그렇게 말했지?"

히로미는 밖으로 나와 파낸 흙으로 구멍을 깨끗이 메웠다.

이것으로 무사히 자손을 남길 수 있다.

이기적인 유전자의 명령에 따라 개체의 임무를 다할 수 있게 된 것이다.

히로미는 만족한 얼굴로 그 자리를 떠났다. 풀 뒤에 숨어 그 모습을 훔쳐보는 자가 있다는 사실은 눈치채지 못했다. 기생파리인 하나코다.

기생파리 하나코는 이제 마비된 기누요를 파낸 후 그곳에 알을 낳고 다시 묻을 계획이다.

하나코가 낳은 알은 히로미의 알보다 먼저 부화해, 기누요와 함께 히로미가 낳은 알까지 모두 탐욕스럽게 먹어치우며 성장할 것이다.

아무리 생각해도 감동도, 재미도 없는 이야기였다. 작가의 인간성에 의문을 제기해도 어쩔 수 없으리라.

《야생시대》는 출간되자마자 가도카와쇼텐에서 보내왔고, 유메코도 그 책을 읽었을 것이다. 처참한 꼴을 당한 소중한 캐릭터들을 보고 얼마나 충격을 받았을까. 아마 분노를 금할 수 없었으리라. 그것은 살육당한 쇼를 비롯한 길쭉다리 동맹이나 기누요, 히로미가 그 이후 유메코의 그림책에 한 번도 등장하지 않은 것을 보면 명백하다.

그 이후《살아가는 것, 죽이는 것》은 유메코를 배려해 봉인하지도 않고, 작년에《시시한 이야기》라는 단편집(용케 가도카와쇼텐에서 이 제목에 동의해주었다)에 수록되었다.

유메코는 자신의 그림책에 등장하는 캐릭터가 마치 실존 인물이라도 되는 것처럼 깊이 감정이입을 하는 타입이다. 그런 만큼 그녀가 받은 마음의 상처는 보통 사람은 상상도 할 수 없을 정도이리라.

……아무리 그래도 있을 수 없다. 그런 이유로 살인을 저지르는 사람이 있을까?

그런데 유메코의 성격으로 볼 때, 절대로 있을 수 없는 일이라고 단언할 수 있을까?

다시 생각에 잠겼다.

고작 그림책 캐릭터에 불과한 벌의 복수인가? 설마 그럴 리가……!

아무리 생각해도 결론이 나지 않았다. 유메코가 나를 죽이려한 진짜 이유가 무엇인지는 결국 본인에게 직접 물어보는 수밖에 없다.

어쨌든 이렇게 복잡한, 더구나 불확실한 방법을 선택한 것은 역시 자신의 손을 더럽히기 싫었기 때문이라고 생각할 수밖에 없다.

아니, 손은 더럽힐 수 있어도 기억은 더럽히고 싶지 않았으리라. 그렇다면 미사와에게 전부 맡기면 되는데, 아마 자신의 애인이 살인의 기억을 갖는 것조차 견딜 수 없지 않았을까?

그래서 일부러 이렇게 번거로운 방법, 즉 함정을 파놓고 내가 걸리길 기다린 것이다. 내 시신을 확인하고 병원으로 옮기는 것은 그리 어려운 일이 아니다. 마치 나를 살리기 위한 행위처럼 위장할 수 있기 때문이다.

하지만 그 생각은 너무 안이하다.

사람을 죽인 기억을 지우고 싶은 것이 얼마나 이기적인 행동인지 비난할 생각은 없다. 인간의 이기심은 가끔 자기 자신을 지키기 위해 그런 방법을 생각해내기도 하니까. 저주스러운 사건의 기억, 부담을 견디지 못해 마음이 산산조각 나지 않게 하기 위해서다.

그러나 당연한 이야기지만 사람을 죽이는 것은 아름다운 일이 아니다.

자신도 목숨을 걸고 몸으로 부딪치겠다는 기백이 있어야 비로소 상대의 목숨을 빼앗을 수 있다. 자신의 손을 더럽히고 싶지 않다는 안이한 생각은 결국 최후의 순간에 자신에게 치명타가 되어 돌아올 것이다.

유메코가 쓰는 동화적인 그림책에서는 그런 결말을 선택하지 않겠지만.

그때 갑자기 다른 책이 떠올랐다.

말벌…….

옛날에 쓴 내 책의 제목이다. 걸작이라고 하긴 힘들다. 아니,

오히려 완전한 실패작이라고 할 수 있다. 등장인물에게선 리얼리티의 한 조각도 찾아볼 수 없고, 미스터리도 앞뒤가 맞지 않는다.

우연히 제목이 같을 뿐, 진짜 말벌은 등장하지 않는다. 특별히 현재의 상황과 관계가 있다고도 할 수 없고, 유메코가 나를 죽일 이유와도 이어지지 않는다.

그런데 왠지 그 책이 마음에 걸린다.

그 책에 어떤 메시지가 담겨 있었지? 순간 가슴 깊은 곳에 가시처럼 날카로운 것이 박힌 듯 마음이 아팠다. 뭔가 생각날 것 같으면서도 생각이 나지 않았다.

결론이 나지 않는 사고의 미로 속에서 방황하는 사이에 어느새 의식이 멀어졌다.

13

문득 눈을 떴다. 갑자기 무슨 소리가 들린 것이다.

순간 내가 어디에 있는지 알 수 없었지만 엉덩이의 냉기가 기억을 되살려주었다.

여기는 산장의 주방이다. 감각이 사라져가는 손으로 담요를 움켜잡았다.

깜빡 잠이 든 모양이다. 이대로 의식이 날아갔다면 두 번 다시 눈을 뜨지 못했을지도 모른다.

다음 순간, 흠칫 놀라 눈을 크게 떴다. 또 들린다. 내 눈을 뜨게 한 소리다. 조금 멀리서 들린다. 자동차의 엔진 소리다.

일어나려 하다가 얼굴을 찡그렸다. 온몸이 얼어붙은 것 같았다. 무릎은 삐걱거리고 등은 딱딱하게 굳었다. 어떻게든 근육을 풀기 위해 손으로 열심히 무릎을 문질렀다.

제발 부탁이다. 움직여다오. 지금부터 최후의 싸움이 시작된다. 여기서 실패하면 지금까지 치열하게 싸운 것이 모두 물거품으로 돌아간다.

눈이 소리를 흡수하는지, 처음에는 들릴락 말락 하던 자동차 소리가 서서히 다가왔다.

살며시 몸을 일으켰다. 그리고 날이 긴 회칼을 손에 들고 주방에서 거실로 나갔다. 창문을 통해 조심스럽게 밖을 살펴보았다. 파제로 한 대가 도로에서 산장 입구로 들어와 천천히 멈추는 참이다.

차에 탄 사람은 두 명이다. 운전한 사람은 미사와, 조수석에 앉은 사람은 유메코일 것이다.

차에서 내리길 기다렸지만 그들은 한동안 움직일 기미를 보이지 않았다. 뭔가 의논하는 것 같다. 혀를 차고 싶을 만큼 신중한 녀석들이다.

다케마쓰의 오토바이를 감추길 잘했다. 오토바이를 발견했다면 더 경계하며 그냥 돌아갔을지도 모른다.

한참 지나 겨우 자동차의 양쪽 문이 열렸다. 두 사람이 눈 위에 내려섰다. 나는 안경을 고쳐 쓰고 두 눈을 고정했다. 한때 거의 보이지 않던 두 눈이 지금은 똑똑히 보인다.

앞쪽에 있는 유메코는 위아래 모두 한 번도 본 적이 없는 스키복 같은 하얀색 옷으로 몸을 감쌌다. 모자를 깊숙이 눌러쓰고, 노란색 고글까지 썼다. 그 맞은편에 모자 달린 등산용 재킷을 입은 미사와가 나타났다.

미사와의 손에 들린 물체를 보고 나는 눈을 크게 떴다.

최근의 엔터테인먼트 소설에는 실로 다양한 무기가 등장한다. 그 때문에 어느 정도 지식은 가지고 있었다.

멀리서 보기엔 트레킹용 지팡이 같지만 혹시 블로건(Blowgun, 입으로 불어 화살을 쏘는 스포츠용 기구)이 아닐까? 미사와는 폐활량이 좋아 보이니 어느 정도 비거리가 나올 것이고, 저렇게 통이 긴 걸 보면 명중률도 상당히 높을 것이다.

미사와는 말벌의 함정이 불발로 끝났을 경우에 대비해 완전 무장을 하고 온 것이다.

그런데 왜 하필이면 블로건을 가져온 것일까? 소리가 나지 않는다는 이점은 있지만, 그보다 위력적인 무기가 얼마든지 있을 텐데.

한참을 생각한 끝에 비로소 짐작이 갔다.

……그렇군. 애초에 블로건만으로는 치명상을 입히기 힘들다. 아마존의 원주민이 사용하는 화살도 독개구리의 독을 발라야 사냥감을 마비시킬 수 있다.

미사와는 빌 전문가다. 화살촉 부분, 즉 벌침 부분에 홈을 파서 말벌의 독을 집어넣을 수 있으리라.

다시 말해 녀석은 어디까지나 말벌로 인한 사고사라는 최초의 시나리오를 관철할 생각이다.

회칼로 눈길을 떨구었다. 내 생각이 얼마나 안이했는지 어이가 없을 지경이다. 적이 맨몸으로 올 리 없지 않은가. 모습을 드러내는 순간, 나는 화살의 먹이가 될 것이다. 이제 나에게 남은 유일한 방법은 문 뒤에 숨어 있다 미사와가 들어온 순간 습격하는 것밖에 없다.

머릿속에 영화처럼 확실한 이미지가 떠올랐다.

칼을 잡은 손을 허리춤에 고정한 채 중심을 낮추고 돌진해 몸으로 부딪치듯 찌른다. 그러면 상대는 배에 칼날이 박혀 그 자리에 쓰러진다…….

아니다. 소설이라면 몰라도 실제로 쉽게 성공하리라곤 생각할 수 없다. 미사와의 신중한 성격으로 미루어 현관으로 들어올 때도 세심한 주의를 기울일 것이다.

틀렸다. 역시 처음부터 계획을 수정해야 한다.

그런데 어떻게 하는 것이 좋을까.

미사와와 유메코가 내 쪽을 향해 걸어온다. 연신 무슨 이야기를 하고 있다. 어쩌면 서로 의견이 다를지도 모른다.

그렇게 생각하고 쳐다보자 미사와가 유메코를 달래고 있는 듯한 느낌이 든다. 입술 모양만 봐서는 무슨 말을 하는지 알 수

없지만, 손짓과 몸짓을 보니 '괜찮아', '살아 있을 리 없어'라고
말하는 것 같다.

신경을 곤두세우고 어떻게든 대화의 내용을 읽어내려고 했다.

'어쨌든 당신은 도와주기만 하면 돼.'

아마도…… 이렇게 말하지 않았을까?

'싫어! 보는 것도 끔찍한데 만지라니. 농담이라도 그런 말은
하지 마.'

유메코는 마지막 순간에 갑자기 응석을 부리기 시작했다.

'알았어. 아무튼…… 먼저 상황을 확인한 다음에 다시 이야
기하자.'

두 사람은 작은 목소리로 계속 대화를 나누며 가까이 다가왔
다. 나는 소리를 내지 않으며 문에서 떨어졌다.

거실에는 몸을 숨길 만한 곳이 보이지 않았다.

발끝으로 걸어 살금살금 주방으로 돌아왔다. 누가 보면 쓴웃
음을 지을 만큼 우스꽝스러운 동작이다. 편히 잠들어 있는 어
린아이의 머리맡에 크리스마스 선물을 두려고 다가가는 착하고
마음 따뜻한 아버지 같은…….

주방문을 닫은 순간 현관문이 열리는 소리가 났다.

발소리는 들리지 않았다. 두 사람은 안으로 들어오지 않고 그
대로 서서 안의 상황을 살피는 듯하다. 여전히 알아들을 수 없
는 작은 목소리로 속삭였다.

'왜 그래?'

더 이상은 참을 수 없는지, 유메코의 목소리에 조바심이 묻어 났다.

미사와가 낮은 목소리로 대답했다.

'아니야. 아무 소리도 나지 않아서……'

'당연하지. 그놈은 이미 벌에 쏘여 죽었을 거야.'

'그럴지도 모르지. 하지만 뭔가 이상해.'

숨을 죽인 채 한 방 역전을 노리는 나는 미사와의 신중함에 목이 조이는 듯한 압박감을 느꼈다.

'안의 공기가 상당히 차갑군. 바깥 공기와 거의 똑같아.'

'그게 왜?'

'보일러 스위치를 끌 순 없었을 테니 아마 창문을 열었겠지. 그건 말벌이 활동하지 못하게 하기 위해서가 아닐까? 그놈에게 는 그렇게 할 만한 여유가 있었던 거야.'

제기랄. 나는 소리 나지 않게 이를 갈았다. 그렇게 상황을 냉 정하게 분석하면 아무런 조치도 취할 수 없지 않은가.

겁쟁이 같은 미사와의 신중함이 유메코에게도 전염된 것 같 았다.

'그럼 아직 살아 있는 거야?'

'그럴 가능성도 있어.'

'어떻게? 한 방이라도 쏘이면 죽잖아. 어떻게 쏘이지 않고 빠

져나올 수 있지?'

'그건 나도 모르지만……'

'그렇게 말하면 안 되지! 분명히 성공할 거라고 했잖아!'

'물론 쏘였을 가능성이 더 높아. 어딘가에 죽어 있을지도 모르고, 의식을 잃었거나 움직일 수 없을지도 몰라.'

그때 바닥이 삐걱거리는 소리가 났다. 밑창이 두꺼운 트레킹 신발 때문이다. 드디어 두 사람이 산장 안으로 들어온 것이다.

그때 유메코가 흥분해서 소리를 질렀다.

'이것 봐, 벌이 죽어 있어. 여기에도. 저기 봐. 저기에도!'

'흐음, 하지만 전부 노랑말벌이군. 목이 부러진 걸 보면 뭔가로 때려죽인 것 같아. 문제는 장수말벌이 한 마리도 없다는 거야.'

미사와가 벌의 사체를 보고 사태를 분석했다.

'무슨 뜻이야?'

'놈이 아직 지하실 문을 열지 않았든지 아니면……'

잠시 침묵이 이어졌다. 나는 마음을 졸이며 그가 말을 잇길 기다렸다.

아까 거실을 깨끗이 치운 뒤 바닥에 흘린 달콤한 액체를 닦아내고 노랑말벌의 사체만 남겨두었다. 미사와가 내 의도를 간파하지 못하길 간절히 기도했다.

'아니면…… 뭔데?'

유메코가 다음 말을 재촉했다.

'문을 열고 안으로 들어가자마자 닫았을지도 몰라.'

'함정이 성공했다는 거야?'

'모르겠어. 어쨌든 확인해보자.'

두 사람은 신중한 걸음으로 지하실 문 앞으로 이동한 듯했다.

'문이 닫혀 있는데…… 열 거야?'

'여기 온도가 이렇게 낮으니까 안에서 말벌이 튀어나오는 일은 없을 거야.'

'하지만 만약 이 안에 그 사람이 잠복하고 있으면 어떡해?'

말이 끝나기도 전에 미사와가 코웃음을 쳤다.

'그런 일은 있을 수 없어. 그러려면 일단 안에 있는 장수말벌을 전멸시켜야 하고, 문을 열면 바로 계단이니까 숨을 곳이 없잖아. 놈을 발견하면 이걸 한 방 먹이면 끝장이고.'

아마 블로건을 말하는 것이리라. 분하긴 하지만 미사와의 말이 맞다. 그 녀석의 손에 블로건이 있는 한, 정면에서 공격할 수는 없다.

'됐어? 연다?'

유메코가 희미하게 신음 소리를 내며 뒤로 한 발짝 물러선 듯했다.

문이 열리는 소리가 들렸다.

'역시 이 안은 따뜻하군. 이상한 냄새가 나고 후텁지근해. 아, 계단 중간에 설치한 함정이 없어. 역시 걸렸나 봐.'

미사와가 신중하게 손전등 불빛으로 안을 비춘 듯했다.

'자기야, 저기 봐······. 됐어, 성공이야! 녀석은 죽었어.'

흥분을 억제할 수 없는 듯 미사와의 목소리가 떨렸다.

'진짜? 보여?'

'그래, 계단 밑에 쓰러져 있어. 두 손으로 머리를 감싸 안은 채 몸을 웅크리고 말이야. 이게 제일 이상적이거든.'

'그게 왜 이상적이야?'

'계단에서 떨어질 때 목이라도 부러졌으면 골치 아프잖아. 물론 그런 일은 있을 수 없지만 말이야. 그런데 저 상태라면 떨어졌을 때는 아직 살아 있었을 거야. 다소 타박상은 있겠지만. 그런 다음 죽었으니까 사인은 어디까지나 말벌에 의한 아나필락시스 쇼크가 되겠지.'

기고만장해서 설명하는 미사와를 보니 오장육부가 부글부글 끓어오르는 듯했다. 이 빌어먹을 녀석! 감히 누구를 죽이려 해? 인생이 네 뜻대로 되지 않는다는 것을 가르쳐주겠다.

'그런데 나 혼자 여기까지 끌고 오긴 힘들 것 같아. 잠깐 도와주겠어?'

그러자 유메코가 목소리를 높여 저항했다.

'싫어! 시체 만지기 싫단 말이야.'

'그러지 말고 한 번만 도와줘. 여기까지 와서 왜 그래?'

미사와가 잠시 말을 끊고 한숨을 쉬었다.

'알았어. 일단 나 혼자 할 수 있는지 해볼게. 그러다 안 되면 그때는 도와줘야 돼.'

유메코는 대답하지 않았다. 미사와가 난간을 잡고 신중하게 계단을 내려갔다.

'그나저나 냄새 한번 지독하군. 탄 냄새도 나고, 약품 냄새도 나고……. 하긴 그 녀석도 끝까지 저항했겠지.'

미사와의 목소리가 점점 작아졌다. 그리고 잠시 후, 미사와의 처절한 절규가 산장 전체에 울려 퍼졌다.

'아아! 이건 누구지?'

손전등으로 시신의 얼굴을 비춘 듯했다.

'왜 그래?'

깜짝 놀란 듯한 유메코의 목소리가 들렸다.

기회는 지금밖에 없다. 이 틈을 이용해 재빨리 지하실 문으로 가는 것이다.

'아니야! 그 녀석이 아니야!'

'뭐? 말도 안 돼!'

소리가 나지 않게 주방문을 2, 3센티미터 열었다.

발소리를 죽이며 살며시 나왔다.

유메코는 지하실로 내려가는 계단 입구에 서서 아래를 내려다보고 있다.

그녀의 등을 향해 조심스럽게 다가갔다.

소리는 나지 않았겠지만 가까이 다가갈 때 공기의 흐름이 달라졌는지 그녀가 뒤를 돌아보려 했다.

그 순간, 그녀의 눈앞에서 재빨리 지하실 문을 닫았다. 그리고 빗장을 건 다음, 만약을 대비해 자물쇠까지 채웠다.

"뭐야? 무슨 짓이야? 문 열어! 열지 못해!"

귀를 찢을 듯한 날카로운 소리와 함께 문을 두들기는 소리가 들렸다. 이제는 무슨 말을 하는지 똑똑히 알아들을 수 있다. 문을 두들길 때마다 튼튼한 나무 문이 떨렸다.

"왜 그래? 무슨 일이야?"

지하실에서 유메코를 향해 소리치는 미사와의 목소리가 들렸다.

"으아! 이건 또 뭐야……."

뒤이어 예의 끔찍한 날갯소리가 두꺼운 문 너머에서 희미하게 들렸다.

몇 걸음 뒤로 물러섰다. 그리고 입속에서 중얼거렸다.

난 단지 두 사람을 가두려고 했을 뿐이다.

설마 이렇게 될 줄은 꿈에도 몰랐다.

지금도 이렇게 마음 깊이 유메코를 사랑하는데…….

지하실에서 처절한 비명이 울려 퍼졌다. 다시 문이 부서져라 두들기는 소리.

그것이 내 귀에는 목숨을 구걸하는 마지막 외침처럼 들렸다.

"……안 돼. 나도 이제 어쩔 수 없어."

귀를 막았다.

문을 열면 장수말벌이 튀어나올 것이다. 거실의 온도로 볼 때 끝까지 따라오진 않겠지만, 그래도 쏘일 위험성은 적지 않다.

더구나 구해준다 해도 두 사람이 고마워하며 회개하리라곤 생각할 수 없다. '넌 역시 좋은 녀석이야'라고 비웃으며 블로건을 쏠 것이 뻔하다.

가엾긴 하지만 어차피 자업자득이고, 스스로 초래한 결과다.

남을 떨어뜨리기 위해 깎아지른 절벽으로 유인하는 자는 자기 자신 역시 떨어질 운명에 가까이 다가가는 것이다.

《끈끈이귀개 아기토》의 한 문장을 성서의 구절처럼 마음속으로 되새김질했다. 그러자 이상하리만큼 마음이 가벼워졌다.

바카라 텀블러에 위스키를 따랐다. 거실 캐비닛에 남아 있던 맥캘란 15년이다. 물도 얼음도 넣지 않고 그대로 들이켰다.

술이라도 마시지 않으면 도저히 견딜 수 없었다.

미사와도 다케마쓰처럼 자동차 열쇠를 뽑아 갔다. 빈틈을 노려 녀석들을 물리친 것은 다행이지만 나는 여전히 똑같은 문제에 시달리고 있었다.

여기서 어떻게 빠져나갈까? 어떻게 도움을 청할까?

돌연 불안이 엄습해 거실을 둘러보았다. 창문을 닫고 난로에 불을 지핀 덕분에 온도가 많이 올라갔다. 인간에게 쾌적한 온도가 되면 말벌도 자유롭게 활동할 수 있으리라.

다행히 말벌은 한 마리도 보이지 않았다. 장수말벌은 유메코, 미사와와 함께 지하실에 갇혔지만 몇 마리, 아니 수십 마리는 노랑말벌의 소굴을 습격하기 위해 밖에 나와 있을 것이다. 노랑 말벌의 모습도 보이지 않았다. 어쩌면 장수말벌과의 싸움에서 전멸했을지도 모른다.

만약 한 마리라도 보이면 다시 밖으로 도망치는 수밖에 없지만, 지금은 그렇게 되지 않기를 간절히 바라는 수밖에 없다.

아무래도 차를 운전할 기회는 올 것 같지 않다. 따라서 조금 이라면 술을 마셔도 괜찮으리라. 나는 텀블러 안의 진한 액체를 빙빙 돌리다 단숨에 들이켰다. 맥캘란 특유의 화려한 향기가 입 안 가득 퍼지고 혀끝에 달콤함이 남았다. 기분이 조금 좋아져 서 다시 한 잔 따랐다.

이 사건은 어떻게 처리될까? 경찰은 내 말을 믿어줄까? 아무 리 머릿속에서 시뮬레이션을 하고 스토리를 만들어도 현실은 불투명하기만 했다.

이런 사건은 본 적도, 들어본 적도 없다. 하지만 내가 중증 벌 독 알레르기라는 것은 얼마든지 증명할 수 있고, 유메코와 미사 와가 공모한 증거도 발견되리라. 다케마쓰의 죽음도 두 사람에 게 책임이 있는 것은 분명하다.

다만 두 사람을 지하실에 가둔 행위가 정당방위나 긴급피난 에 해당하는지 지금으로선 알 수 없다. 혐의가 풀려 무죄 판명

이 날 때까지는 경찰의 취조를 받고 끊임없이 불쾌감에 시달려
야 할지도 모른다.

이 사건에도 좋은 측면이 전혀 없는 것은 아니다. 하마터면
완전범죄의 희생자가 될 뻔했지만 기적처럼 역전에 성공해 살아
남은 것이다! 미스터리 작가로서 이렇게 효과적인 광고가 어디
있으랴. 이제 《어둠의 여인》은 상상을 초월한 엄청난 베스트셀
러가 될 것이다.

하지만 모든 것이 내 의도대로 될까? 입안에 맥캘란을 머금고
생각에 잠겼다. 내가 미스터리 작가라는 사실은 사법 당국의 심
증에 마이너스로 작용할지도 모른다. 제삼자가 보기에 이것은
그림 동화 작가가 아니라 미스터리 작가가 꾸밀 법한 범죄가 아
닌가.

더구나 경찰에선 증거를 조사한 후 혐의가 없다고 인정해줄
지 모르지만 매스컴은 꼭 그렇다고 할 수 없다. 특히 예능 프로
그램이나 사건의 소재를 호시탐탐 노리는 자들은 선정적으로
보도할 것이 틀림없다. 처음부터 나를 범인으로 단정해 명예를
실추시키고, 자기들 멋대로 결론을 내리지 않을까? 그렇게 되면
내가 무죄임을 호소하긴 지극히 어려운 일이리라.

나는 텀블러를 입으로 가져가며 생각에 잠겼다. 그리고 별생
각 없이 소파 위에 있는 쿠션에 왼손을 올렸다.

순간 따끔한 통증이 느껴졌다. 나는 깜짝 놀라 왼손을 뒤로 뺐다.

손바닥 아래쪽, 생명선의 끝부분에 작은 자국이 있었다. 바늘에 찔린 것처럼 직경 1밀리미터쯤 되는 핏방울이 맺혀 있다.

뭐지?

이런 곳에 압정이나 바늘이 떨어져 있었나? 얼굴을 찡그리며 소파 위를 확인해보았다.

쿠션 뒤에 작은 노랑말벌의 사체가 떨어져 있었다. 장수말벌에게 물렸는지 머리는 보이지 않았다.

갑자기 머릿속이 새하얘졌다.

죽은 말에 차인다는 말이 있듯, 나는 죽은 벌에 쏘인 것인가? 그런 일은 있을 수 없다…….

자세히 쳐다보니 머리 없는 노랑말벌의 배가 아직 희미하게 움직이고 있었다.

순간 독액을 빨아내려다 생각을 고쳐먹었다. 알레르기 반응이 입안으로 퍼지면 호흡기관이 막힐지도 모른다.

그 대신 상처를 문질러 독액을 짜내고 위스키를 뿌렸다. 알코올이 스며들자 통증이 엄습했다.

부디 이것으로 독액을 씻어낼 수 있기를…….

하지만 그런 바람과 달리 이내 소름 끼치는 전율이 온몸을 뛰어다녔다.

강렬한 목마름과 구토증이 엄습하는 동시에 온몸이 간지럽고 현기증이 났다.

매일 꾸던 악몽 속으로 끌려 들어간 듯한 공포가 밀려왔다. 3년 전에 말벌에 쏘여 구사일생으로 살아났을 때와 똑같은 증상이다.

입안이 마비되어 숨을 쉬기 힘들다.

이대로 있으면 안 된다. 목의 안쪽이 부어올라 호흡기관이 막히면 공기를 흡입할 수 없다. 나는 죽을힘을 다해 입을 벌려서 숨을 쉬려고 했다.

에피펜! 에피펜이다!

거실 구석에 던져놓은 백팩을 향해 달려갔다. 떨리는 손으로 백팩 안의 내용물을 바닥에 털어놓았다.

그러자 필요 없는 물건들만 우르르 쏟아졌다.

나왔다!

투명한 플라스틱 통을 손에 들자마자 내용물을 꺼내 파란색 안전 캡을 벗긴 뒤, 오렌지색 끝부분을 허벅지에 대고 힘껏 눌렀다.

가벼운 통증이 온몸에 퍼진다. 하지만 좀비 벌에 쏘였을 때와 달리, 이것은 살아 있음을 느끼게 해주는 통증이다.

입에서 안도의 한숨이 새어 나왔다. 에피펜의 아드레날린이 아나필락시스 쇼크로 인해 혈압이 떨어져 죽음에 이르는 것을 막아주리라.

그렇게 생각했지만 여전히 숨을 쉬기 힘들었다. 아니, 점점 더 심해지는 것 같다. 아드레날린은 기도를 확장하는 효과가 있지 않았던가. 약효가 나타나기만 하면……

틀렸다. 잠시 후면 완전히 숨을 쉴 수 없을지도 모른다.

자살이 아닌 이상, 어느 누구도 자신에게 찾아오는 죽음의 종류를 선택할 수 없다.

《사신의 날갯소리》의 한 구절이 뇌리에 되살아났다. 웃기지 마라. 가령 그렇다고 해도 질식사는 절대로 사절이다.

내 눈은 바닥에 어지러이 흩어져 있는 하나의 물건에 빨려 들어갔다.

결국 이것을 사용할 수밖에 없단 말인가.

주방에서 발견했을 때는 이런 사태가 오리라곤 상상도 하지 못했다.

현기증으로 몸이 이리저리 흔들렸다. 나는 가까스로 버티면서 에어펌프식 와인 오프너를 손에 들었다.

손잡이가 달린 작은 공기 주입기처럼 생긴 오프너 끝에 보통 주사기와는 다른, 굉장히 아플 것 같은 초대형 주삿바늘이 꽂혀 있다.

……이것 말고는 방법이 없다.

《하드보일드에서 험프티 덤프티》의 클라이맥스 장면이 뇌리를 가로질렀다.

천식을 앓는 주인공이 범인을 추격하던 도중, 가까운 거리에서 최루가스를 맞고 기도가 막힌다. 숨을 쉴 수 없는 상태에서 이대로는 죽음을 피할 수 없다고 생각한 주인공은 자신의 목을 볼펜으로 찔러 기도를 확보한다.

나는 사무용 볼펜의 끝부분을 쳐다보았다. 이것으로 목을 뚫어야 하나? 말도 안 돼!

하지만 점점 숨을 쉬기 힘들어진다. 죽을힘을 다해 공기를 빨아들이려 해도 목을 통과하지 않는다. 이대로 있으면 분명히 숨이 막혀 죽으리라.

이대로 앉아서 죽음을 기다리느냐, 아니면 온 힘을 짜내 살기 위한 조치를 취하느냐.

빌어먹을, 이런 곳에서 죽을 수는 없지 않은가.

나는 볼펜 끝을 목에 댔다. 식은땀이 흐른다.

그냥 찌른다고 되는 것이 아니라 산소를 받아들이려면 기관까지 확실히 관통해야 한다.

나는 이를 악물고 볼펜을 쥔 손에 힘을 주었다.

점점 숨을 쉬기 힘들어졌다. 산소 결핍으로 눈이 침침해지고 정신이 아득해졌다.

와인 오프너의 손잡이를 빼고 커다란 바늘을 목에 댔다.

무턱대고 목을 찌른다고 되는 것이 아니다. 기관까지 확실히 뚫어야 한다.

빌어먹을, 도저히 못하겠다. 내 손으로 직접 목을 뚫을 자신이 없다.

정신 차려! 지금은 할 수밖에 없어!

도저히 못하겠어.

생각하지 말고 그냥 해!

눈을 질끈 감은 채, 숨을 헐떡이면서 와인 오프너로 목을 찔렀다.

순간 지금까지 한 번도 경험한 적이 없는 격통이 목을 휘감았다. 뜨거운 피가 솟구치면서 팔을 타고 흐르더니 주르륵 바닥으로 떨어졌다.

비싼 대가를 치른 만큼 신선한 공기가 와인 오프너를 타고 기도 안으로 흘러 들어왔다.

숨을 헐떡이면서 입에서 따뜻한 피를 토해냈다.

누군가 구하러 오기까지 오랜 시간이 걸릴지도 모른다.

하지만 이런 곳에서 죽을 수는 없다.

무슨 짓을 해서라도, 어떤 괴로움을 견디더라도 살아남겠다.

지금 나를 지탱하는 것은 오직 그 생각뿐이었다.

그때 어디선가 희미한 날갯소리가 들렸다.

노랑말벌인가? 아니면 장수말벌인가? 지하실에 말고도 아직 살아남은 말벌이 있었던 모양이다. 말벌은 잡식성이라고 생각하는 사람이 많지만 기본적으론 육식성이다. 어쩌면 내 피 냄새를 맡았을지도 모른다.

젖 먹던 힘까지 짜내서 출구를 향해 기어갔다. 나무 바닥에 따뜻하고 끈적한 핏자국을 남기면서…….

눈앞이 흐려진다.

서서히 의식이 멀어진다.

세상이 빙글빙글 돌고, 신음 소리에 싸여 있는 것 같다.

벌의 날갯소리일까?

그것은 나를 비난하고 매도하는 소리 같기도 했다.

내 목을 관통한 것은 녀석들의 음험한 침이었다.

무언가가 내 얼굴을 들여다보았다.

핼러윈의 호박처럼 생긴 오렌지색 얼굴. 치켜 올라간 커다란 두 눈. 미간에 있는 주술의 표식처럼 보이는 역삼각형 별 문양.

그 모습은 이윽고 내 시야에서 사라졌다.

시간이 얼마나 흘렀을까. 밖에서 여러 대의 자동차 엔진 소리가 들렸다.

이것도 환청일까?

아니다. 진짜 자동차 소리다.

발소리다. 그것도 한두 명이 아니다. 많은 사람이 종종걸음으로 다가왔다.

현관문이 열렸다.

"이봐요. 괜찮아요?"

한 남자가 몸을 숙이고 내 목덜미에 손을 댔다.

뭘 하는 것일까? 그렇게 하지 않아도 살아 있다는 것쯤은 알 수 있을 텐데.

버럭 소리를 지르려 했지만 목소리가 나오지 않을 뿐 아니라 입술조차 움직일 수 없었다.

"목을 찔렀어. 자살하려 한 것 같아."

"출혈이 심하군. 지혈할 만한 것 없어?"

"구급차를 부를게요."

"지금 움직이면 안 돼."

"담요는요?"

"이 사람인가요?"

주변에서 들리는 다급한 목소리는 마치 분노에 휩싸여 공격하려는 벌의 포효 같았다.

"……네, 틀림없어요."

마지막 목소리는 어디선가 들은 기억이 있다.

말도 안 돼! 어떻게 이런 일이……. 이런 일은 있을 수 없어!

넌 조금 전에 지하실에서 죽지 않았는가.

하지만 그것은 분명히 유메코의 목소리였다.

"……차고에서 에피펜을 떨어뜨린 줄 몰랐어요. 어쨌든 빨리 도망쳐야 해서 정신없이 서둘렀으니까요. 그래서 열쇠고리에 레인지로버 열쇠도 있었는데, 저도 모르게 제 차를 탔어요. 포르쉐는 차체가 낮은 데다 RR 구동(뒷바퀴 뒤쪽에 엔진이 있고 뒷바퀴가 힘을 받아 차체를 밀어가는 방식)이라 눈길에 맞지 않거든요. 더구나 일반 타이어에다 체인도 감지 않았고요."

유메코는 흥분을 억누르듯 빠른 말투로 설명했다.

"운전엔 자신이 있었지만 커브를 제대로 돌지 못해 눈을 들이받은 채 꼼짝도 할 수 없었어요. 눈보라가 심해져서 함부로 나가면 조난당할 수 있다고 생각했지요. 그래서 당분간 따뜻한 차

안에 있다가 해가 뜬 뒤 도와줄 사람을 찾아 걷기 시작했어요."

"차 안에 있는 동안 범인이 쫓아올 수도 있다는 생각은 안 했나요?"

"산장에서 2, 3킬로미터 떨어졌고, 그 남자의 옷과 신발, 코트를 들고 나왔거든요. 그런 눈보라 속에서는 쫓아오지 못할 거라고 생각했어요."

갑자기 화가 치밀었다. 역시 내 옷과 코트를 가져간 사람은 유메코였다.

"그렇군요. 여기서 도망친 건 몇 시쯤이었죠?"

"아마 새벽 2시 반이나 3시쯤 되었을 거예요."

"어떻게 도망쳤나요?"

"와인에 몰래 수면제를 넣어서 마시게 했어요."

유메코가 자신의 범죄 행위를 태연히 고백했다.

"평소에 수면제를 복용하셨나요?"

"3년 전에 불면증 때문에 고생한 적이 있거든요. 그때 의사 선생님이 강한 수면제를 처방해주셨지요. 그걸 가루로 만들어서 와인병에……."

그때의 긴장감이 떠오르는지 그녀의 숨결이 가늘게 떨렸다.

"잠시 후 이 남자가 깜빡깜빡 졸기 시작하더니 와인잔을 떨어뜨린 채 쓰러지듯 침대에 눕더군요. 그래서 방의 불을 끄고 잠시 기다렸어요. 그리고 남자가 완전히 잠에 빠졌다고 확신한 순간 조용히 자동차 열쇠를 들고 도망쳤지요."

그 말에 풀리려던 기억의 봉인이 완전히 해제되었다.

내 안에서 어젯밤의 광경이 선명하게 되살아난다.

침실 불을 켜자 오른쪽에 있는 킹사이즈 침대 위에서 여자가 몸을 움직였다.

"으음…… 무슨 일이에요?"

잠에 취한 목소리였다. 불빛에 눈이 부신지 여자가 얼굴을 찡그리며 나를 보더니 흠칫 놀라며 눈을 크게 떴다. 낯익은 얼굴이다. 커다란 눈. 갸름한 턱. 여성 작가 중에서 유난히 눈길을 끄는 미모는 민낯이라도 감춰지지 않는다.

……안자이 유메코. 결혼하기 전 이름은 후카야 유메코. 그림책 작가. 유리공예처럼 섬세한 감각의 소유자. 반면에 신경질적이고 결벽증이 있는…….

내 아내다.

"자고 있었어? 깨워서 미안해."

내가 다가가자 그녀는 재빨리 몸을 일으켰다. 두 손으로 움켜쥔 담요를 가슴까지 끌어올린 채 커다란 눈을 더 크게 뜨고 꼼짝도 하지 않았다.

"잠시 밖에 나갔다 왔어……. 눈이 많이 내려서 얼마나 쌓였는지 보려고."

……뇌리에 기이한 영상이 깜빡였다. 차고 옆. 부자연스럽게 쌓여 있는 봉긋한 눈 언덕.

고개를 흔들어 그 저주스러운 영상을 몰아냈다.

"밖은 아주 추워. 지구온난화는 무슨. 모두 새빨간 거짓말이야. 실제로 21세기에 접어든 후로 평균기온은 올라가지 않았대. 이러다 정말 다시 빙하기가 오는 거 아닌가? 그러면 포도를 수확하지 못해 와인을 마실 수 없을지도 모르지."

침대 끝에 걸터앉았다. 그녀는 내게서 조금 떨어졌지만 여전히 아무 말도 하지 않았다.

"한잔하고 싶군. 건배할까? 그래, 그게 좋겠어.《어둠의 여인》의 성공을 축하하며. 벌써 4쇄던가? 아니, 5쇄인지도 모르겠군."

"……5쇄예요."

그녀가 기묘하리만큼 쉰 목소리로 말했다.

"그래, 5쇄였지. 최근에는 출판계 전체가 불황이라 책을 조금밖에 찍지 않지만, 그래도 벌써 5쇄야. 당신도 한 잔 정도는 같이 마셔주겠지?"

"내가 가서 가져올게요."

그녀는 침대의 한쪽으로 조심스레 빠져나가더니 벽에 걸려 있던 목욕가운을 걸쳤다.

"어디 가는데?"

"지하실에요. 거기에 와인셀러가 있잖아요."

그녀는 눈을 살짝 치켜뜨고 나를 쳐다보았다. 유리공예 같은 섬세함과 나약함이 공존하는 작고 하얀 얼굴.

커다란 눈을 부자연스러울 정도로 한껏 치켜뜬 채, 입가에 어색한 미소를 매달았다.

잠시 머리를 굴렸다. 이대로 도망칠 생각일까?

기억을 더듬으며 나는 경악했다. 도망친다? 무슨 말이지? 왜 그녀가 도망칠 거라고 생각했지?

일부러 소리가 나도록 나이트 테이블 위에 열쇠고리를 내려놓았다. 그녀는 흠칫 놀란 표정을 지으며 발길을 멈추었다.

카라비너(등반할 때 자일에 꿰는 강철 고리)처럼 생긴 쇠 장식에는 분신이 타고 다니던 레인지로버와 그녀의 포르쉐 911, 그리고 스즈키 알토의 열쇠가 붙어 있다.

이것으로 그녀도 산장에서 도망칠 수 없다는 사실을 알았으리라.

"괜찮아. 안 가도 돼."

내가 그렇게 말하자 그녀는 작은 목소리로 되물었다.

"하지만 와인이 없으면 건배할 수 없잖아요."

"여기 있어."

끌어안고 있던 종이봉투에서 와인병을 두 개 꺼내 나이트 테이블 위에 올려놓았다.

"보졸레 누보. 막 출시된 거지. 이거라면 당신도 마시기 편하잖아. 그리고 또 한 병은 이거야. 내가 태어난 해의 와인."

샤토 라투르. 1969년. 평소 마시는 싸구려 와인에 비하면 가격의 자릿수가 다르지만, 이것만큼 오늘 밤 파티에 어울리는 와인은 없을 것이다.

누가 뭐라고 해도 오늘은 내가 나 자신으로 돌아온 날이니까.

"1969년…… 굉장하군요. 그런데 와인잔과 오프너는요?"

"그것도 여기 있어."

와인잔은 와인을 산 곳에서 겸사겸사 샀다. 가볍고 잘 깨지지 않는 수지 제품이지만, 언뜻 보기에는 유리 제품과 구분이 되지 않는다. 오프너는 T자형 스크루식, 덤으로 준 것이다.

"자아, 건배.《어둠의 여인》의 성공을 축하하며……. 아니, 잠깐만. 깜빡할 뻔했군. 오랜만에 나온 당신의 신작《마음은 푸른 하늘을 향하여》를 위해서도 건배해야지."

보졸레 누보의 코르크를 열고 두 개의 와인잔에 따랐다.

와인잔을 가볍게 부딪치고 나서 이제 막 출시된 보졸레 누보를 한 모금 마셨다. 나름대로 맛은 괜찮았지만 뭔가 조금 부족하다.

유메코는 와인잔을 입에 대는 동안에도 계속 나를 빤히 쳐다보았다.

나는 와인을 들이켜면서 혼자 계속 떠들었다.

"앞으로는 작풍을 좀 바꿀까 해. 계속 어두운 노선을 고집하면 독자층이 넓어지지 않으니까. 독자가 원하는 건 해피엔드잖아. 선인은 어떻게든 어려움을 극복하고, 악인에겐 냉정하게 벌을 내려야겠지. 안 그러면 책을 읽어도 카타르시스를 느낄 수 없으니까……."

유메코는 가끔 "그래요"라든지 "그렇죠"라고 맞장구를 치는 것 말고는 거의 자기 의견을 말하지 않았다.

그러다 문득 생각난 것처럼 물었다.

"뭐 안 먹어도 돼요?"

"괜찮아. 안주 같은 건 없어도 상관없어."

"그러면 몸에 안 좋아요. 빈속에 술만 마시면 나중에 속이 쓰릴 거예요. 잠시만 기다려요. 뭐가 있는지 보고 올게요."

그녀는 그렇게 말하더니 조용히 방에서 나갔다.

순간 허를 찔렸지만 구태여 막지는 않았다. 자동차 열쇠는 모두 여기에 있다. 그녀는 결국 여기로 돌아올 수밖에 없다. 만약 5분이 지나도 돌아오지 않으면 찾으러 가자.

옷을 벗고 목욕가운을 걸치고 있으니 걱정할 필요 없이 그녀는 2, 3분 만에 방으로 돌아왔다. 손에 든 종이 상자에는 치즈와 땅콩 캔, 종이 접시와 포크가 들어 있었다. 주방과 식품 저장고에 다녀온 것이다.

나는 치즈와 땅콩을 먹고 와인을 마시면서 다시 이야기를 계속했다. 장래의 계획에 대해서. 요즘 나오는 소설이 얼마나 한심한지에 대해서. 소설의 영화화와 그 이점 등에 대해서.

그녀의 표정은 줄곧 굳어 있었지만 가끔 미소를 짓기도 했다.

어느새 혼자 보졸레 누보 한 병을 거의 비웠다. 다음은 드디어 샤토 라투르 차례다.

"내가 열게요……. 오늘은 당신을 축하하는 자리니까요."

그녀는 샤토 라투르의 코르크에 T자형 오프너를 힘들게 끼워 넣더니, 뒤돌아 병을 뒤덮듯이 해서 겨우 빼냈다.

와인잔에 향기로운 액체를 따랐다. 나는 와인잔을 든 채 몇 번 흔들고 나서 공기와 같이 한 모금 마신 뒤 만족스러운 미소를 지었다.

굉장하다. 숙성되지 않은 보졸레 누보와는 차원이 다르다. 중후하면서도 강력한 타닌의 맛. 그럼에도 느껴지는 달콤한 포도의 향기.

혀를 찌르는 듯한 쓴맛이 어렴풋이 느껴지긴 했지만, 생각 탓이라고 여겼다.

하지만 술잔을 거듭 비우는 사이에 서서히 졸음이 파고들기 시작했다.

와인잔이 기울어지며 와인이 가슴으로 쏟아졌다. 차갑다. 손에서 와인잔이 떨어졌다.

저항하기 힘든 수마의 습격을 받고는 침대에 벌러덩 드러누웠다.

어느새 불이 꺼지고 방이 캄캄해졌다…….

기억나는 것은 여기까지다. 그다음은 머릿속에 안개가 낀 듯이 뿌옇지만, 유메코가 와인에 넣은 수면제 때문에 의식을 잃은 것이리라.

그때 거실 안쪽에서 때 아닌 소동이 벌어졌다.

"으아, 이게 뭐야?"

"벌인가?"

"안에 사람이 있어!"

"아야야! 젠장, 쏘였어!"

"멍청한 녀석! 빨리 문 닫아!"

아무래도 자물쇠를 부수고 지하실 문을 연 것 같다. 장수말벌의 위압적인 날갯소리가 들렸다.

힘들게 그쪽으로 안구를 돌렸다. 몇 마리가 머리끝까지 흥분해 거실 안을 날아다녔다. 차가운 전율이 등줄기를 타고 내달렸다. 자칫하면 말 그대로 최후의 일격을 당하게 된다.

유메코는 보기에도 가여울 만큼 잔뜩 겁을 집어먹었다. 심장이 덜컹 내려앉았는지, 일어서지도 못한 채 웅크리고 있다.

"살려주세요! 저…… 알레르기예요."

그녀를 감싸듯 형사가 앞을 가로막은 채 정신없이 코트를 휘둘렀다. 그러면 말벌을 더 자극할 뿐인데…….

"알레르기라니, 벌 독 알레르기인가요?"

"예전에 말벌에 쏘여서 죽을 뻔한 적이 있어요. 의사 말로는 다음에 또 쏘이면 목숨을 장담할 수 없다고 하더군요."

뭐야? 말도 안 돼! 왜 이제 와서 그런 빤한 거짓말을 하는 거지? 그것은 내가 아닌가. 정신을 잃고 의식불명에 빠진 사람은 내가 아니란 말이다!

"알겠습니다. 일단 여기서 나갈까요?"

형사는 그녀를 일으켜 세우고 거실에서 나가려다 도중에 멈춰 섰다.

"이제 괜찮은 것 같군요."

경찰관 몇 명이 쏘였지만, 한바탕 야단법석을 피운 끝에 거실에 침입한 말벌은 모두 퇴치한 것 같았다.

유메코가 뒤를 돌아보고 갑자기 큰 소리를 질렀다.

"미사와 씨! 스기야마 씨! 어떻게 된 거예요? 괜찮으세요?"

"몇 군데 쏘이긴 했지만 괜찮아."

지하실에서 나타난 사람은 미사와였다. 트레킹용 지팡이에 몸을 의지한 채 아픈 듯이 발을 끌고 있다. 죽지 않았단 말인가! 나는 적잖이 실망했다. 운이 좋은 녀석이다.

"나도 괜찮아요. 다 미사와 씨 덕분이에요. 시키는 대로 얼굴을 모자로 감싸고 가만히 있었더니 쏘지 않더군요."

스기야마라는 여성은 유메코와 체격이 비슷했다. 여기에 도착했을 때 멀리서 본 데다, 모자와 고글로 얼굴을 가려서 유메코로 착각한 것이다.

그렇다면 이 여자 역시 공범인 것이 틀림없다.

형사가 두 사람을 보고 물었다.

"두 분은 왜 지하실에 있었죠?"

"갑자기 누가 문을 잠갔습니다. 계단 밑에 시신이 한 구 있어서 누군지 확인하려고 했는데……."

미사와의 말을 스기야마라는 여성이 받았다.

"……다케마쓰 씨였어요. 가도카와쇼텐의 편집자지요."

그제야 겨우 생각이 났다. 그녀는 아동서 전문 출판사에서 유메코를 담당하는 편집자다. 출판사 파티에서도 유메코의 옆에 있었다. 같은 출판계에 있다면 다케마쓰와 안면이 있다 해도 이상할 것이 없다.

형사가 얼굴을 찡그리며 말했다.

"시신은 일단 전문 업자를 불러 안에 있는 벌을 처리한 뒤 수습해야겠군요. 두 분을 가둔 사람의 얼굴은 봤나요?"

스기야마가 나를 가리키며 대답했다.

"한순간 언뜻 봤지만 아마 이 사람일 거예요."

"그래요? 두 분은 왜 이 산장에 오셨지요?"

이번에도 스기야마가 말을 받았다.

"오늘 아침에 유메코 선생님께 전화를 드렸는데, 휴대전화가 통화권 이탈로 나와서 걱정이 됐어요. 그래서 미사와 씨에게 연락했더니, 미사와 씨도 무슨 일이 있을지 모른다고 해서 같이 보러 왔지요."

형사가 어이없는 표정을 지었다.

"통화가 안 된다는 이유만으로 도쿄에서 야쓰가타케까지 오셨단 말인가요?"

이번에는 미사와가 심각한 말투로 대답했다.

"보통 상황이 아니었거든요. 유메코 씨는 안자이 도모야에게 생명의 위협을 받고 있었으니까요."

"안자이 도모야? 어디서 들어본 이름 같은데요."

형사 중에는 미스터리를 좋아하는 사람이 많으니 예전에 내 작품을 읽었을지도 모른다.

"미스터리 작가지요. 뭐 그렇게 유명하진 않지만요."

미사와는 일일이 신경을 거스르는 말만 했다.

"그런 사람이 왜 부인을 죽이려고 하죠?"

"목적은…… 돈입니다. 돈에 대한 안자이의 집착은 이상할 정도였으니까요."

미사와의 말에 유메코는 시선을 내리깔았다.

"안자이는 한때 수입이 상당했지만, 돈을 펑펑 쓰는 바람에

빚은 계속 늘어만 갔어요. 그래서 머릿속이 항상 돈으로 가득 차 있었습니다."

"어디다 그렇게 돈을 썼지요?"

"한두 가지가 아니에요. 세타가야에서 가장 땅값이 비싼 곳에 분수에 안 맞는 집을 지은 것도 그렇고, 이 산장을 충동구매해서 돈을 물 쓰듯 하며 리모델링을 한다거나, 해마다 차를 바꾼다거나……."

형사가 미사와의 말을 가로막고 유메코를 쳐다보며 추궁하듯 물었다.

"부인도 포르쉐를 가지고 있지요?"

그러자 유메코가 발끈한 표정으로 반박했다.

"그건 중고차고, 그림책이 베스트셀러에 오른 덕분에 인세로 산 거예요. 제 유일한 사치품이죠. 안자이의 레인지로버는 새 포르쉐보다도 비싸요. 그것만이 아니에요. 와인에 빠져 비싼 빈티지 와인을 닥치는 대로 사기도 하고, 미스터리 작가로서 터프한 이미지를 만든다며 이탈리아의 오토바이를 사더니 금방 질렸다면서 다른 사람에게 주기도 했어요."

"부인이 세상을 떠나면 돈이 들어오나요?"

이 질문에는 미사와가 대신 대답했다.

"유메코 씨는 몇 년 전에 고액의 생명보험에 가입했어요. 본인의 의사가 아니라 안자이가 억지로 가입하게 했습니다."

유메코가 옆에서 고개를 끄덕였다.

너무나 황당무계한 거짓말에 나는 온몸이 떨리는 분노를 느꼈다. 피해자인 나에게 누명을 씌워 가해자로 만들려는 것인가.

형사가 유메코를 쳐다보며 물었다.

"구체적으로 위험을 느낀 적이라도 있나요?"

유메코가 조용히 입을 열었다.

"아까 3년 전에 불면증에 걸렸다고 했는데, 거기엔 원인이 있었어요. 그때 말벌에 쏘여 의식불명 상태에 빠졌거든요. 다섯 살 때도 말벌에 쏘인 적이 있어요. 그때 어떻게 됐는진 기억나지 않지만, 부모님이 그러시는데 온몸이 불덩어리가 된 채 사경을 헤맸다고 하더군요. 옛날 얘기를 하다 별생각 없이 안자이에게 그 얘기를 한 적이 있어요. 그리고 6개월쯤 지나 집 정원에서 말벌에 쏘였지요……. 제가 모르는 사이에 말벌이 창고 안에 커다란 벌집을 지었더군요."

"그게 우연이 아니었다는 건가요?"

"나중에 생각하니 이상한 점이 몇 가지 있었어요. 말벌에 쏘이기 얼마 전에, 남편이 저에게 창고에 가까이 가지 말라고 하더군요. 지네가 있다는 거예요. 벌 독 알레르기가 있는 사람에겐 지네 독도 위험하기 때문에 창고엔 얼씬도 하지 않았어요. 창고에 있는 그림 재료는 남편에게 부탁해 가져다달라고 했고요. 그러니 만약 말벌이 벌집을 지었다면 남편이 모를 리 없어요."

"남편분이 창고에 벌집을 지었다는 건가요? 그런 일이 가능한가요?"

형사의 목소리에 의아함이 깃들었다.

그러자 유메코를 대신해 미사와가 설명했다.

"벌집째 움직일 경우 큰 문제가 없다면 말벌은 새로운 장소에서 계속 활동할 수 있어요. 쏘이지 않도록 조심하는 게 힘들지만, 비교적 공격성이 약한 작은 말벌이라 방호복을 입었다면 괜찮았을 겁니다."

웃기지 마. 네가 그런 식으로 꾸민 거잖아!

나는 그때 아무런 마음의 준비도 없이 함정 안에 발을 들여놓았다.

그날 아침, 나는 아무런 경계심도 없이 창고로 향했다. 아내가 그림 재료를 가져다달라고 부탁했기 때문이다.

그런데 창고 안에는 섬뜩한 죽음의 사자들이 내가 오기만 기다리고 있었다.

"말벌에 쏘였을 때의 상황을 말씀해주시겠습니까?"

"남편이 지네 퇴치 약제를 뿌렸으니까 창고는 안전하다고 했어요. 그래서 아침 일찍 그림 재료를 가지러 창고로 갔지요. 그런데 선반 중간쯤에 캔버스 한 장이 뒤집어져 있었어요. 마치 뭔가를 가리듯이. 뭘까 싶어 캔버스를 들자 안쪽에 말벌의 벌집이 달라붙어 있었어요."

그때의 일이 떠오르는지 유메코의 목소리가 파르르 떨렸다. 이것도 연기일까?

"저는 패닉에 빠져 캔버스를 떨어뜨렸지요. 흥분한 벌들이 저에게 몰려들어 몇 군데나 쏘이고, 결국 아나필락시스 쇼크로 의식을 잃었어요. 아침에 조깅하던 사람이 우연히 집 앞에서 제 비명을 듣지 못했다면 그대로 목숨을 잃었을 거예요."

"그때 남편분은 어디에 계셨죠?"

"서재에 있었어요. 밤새워 일하던 중으로, 헤드폰을 쓰고 음악을 듣고 있어서 제 비명을 듣지 못했다고 하더군요."

그녀의 나지막한 목소리에서 분노와 공포가 전해졌다.

"그 후에는 벌이 무서워 견딜 수가 없었어요. 밤에도 방에 벌이 있는지 살피지 않으면 잠을 잘 수 없었지요. 텃밭에서 등에를 발견하고는 패닉 상태에 빠져서 살충제를 한 통 다 사용했을 정도예요."

유메코는 내 이야기를 자신의 이야기로 그럴듯하게 각색했다. 그림책 작가라곤 하지만 역시 글도 쓰는 글쟁이 나부랭이다. 나는 기묘한 부분에서 감탄을 했다.

"지금 한 이야기는 모두 사실이에요. 유메코 씨는 저희 출판사에서 벌이 주인공인 그림책 시리즈를 냈는데, 그 책도 쓸 수 없을 정도였으니까요."

스기야마도 그럴듯한 증언을 덧붙이며 그들이 지어낸 이야기를 측면에서 지원했다. 역시 저 여자도 공범이다. 나는 그때 확신을 굳혔다.

형사는 팔짱을 끼었다.

"왜 좀 더 일찍 경찰에 신고한다든지, 별거하지 않았죠?"

"이상하다고 생각은 했지만, 남편이 저를 죽이려 한다는 걸 도저히 믿을 수 없었어요……. 미사와 씨나 스기야마 씨가 경고를 했지만, 도저히 믿어지지 않아서……."

유메코의 목소리가 침울하게 가라앉았다. 아카데미 여우 주연상급 명연기다. 저렇게 예쁜 얼굴로 가련하게 말하면 남자들은 누구나 감쪽같이 속아넘어가리라.

"도저히 믿을 수 없는 이야기군요."

형사가 나지막한 목소리로 덧붙였다.

"지금 내 눈으로 말벌 떼를 보지 않았다면 말이지요."

우려한 대로 형사도 그녀의 거짓말에 완벽히 속아넘어간 듯하다.

미사와가 형사를 보며 못을 박듯이 말했다.

"실내라곤 하지만 눈 내리는 11월의 산속에서 벌이 활동한다는 건 일반적으로 있을 수 없는 일이지요."

"인위적으로는 가능한가요?"

"불가능하진 않습니다. 온도만 유지해주면 말벌은 11월에도 활동할 수 있어요. 벌은 하루의 일조 시간으로 계절을 인식하기 때문에, 지하실 같은 폐쇄된 환경에 두고 조명을 켜는 시간을 조절하면 겨울을 여름이라고 착각하게 할 수 있으니까요."

"미사와 씨는 벌에 대해 잘 아시는 것 같군요."

좋아, 용케 그 사실을 알아차렸군. 나는 마음속으로 형사에게 환호성을 보냈다.

"내 전공이니까요. 대학에서 곤충의 광주성에 관한 연구를 하고 있습니다."

"광주성이 뭔가요?"

"밤낮의 길이에 대한 반응을 말하지요."

미사와는 태연하게 대답했지만 형사의 눈에선 의혹의 빛이 가시지 않았다.

"그렇군요."

"안자이 도모야에게도 지금 한 이야기를 했는데 며칠 후에 메일이 왔습니다. 벌이 계절을 착각하게 하는 방법에 대한 상당히 깊이 있는 질문이었지요. 설마 소설이 아니라 범죄에 사용하리라곤 상상도 못해서 정중히 답장을 써서 보냈는데, 결과적으로 그자의 살인 계획을 도와준 꼴이 됐군요."

미사와는 미꾸라지처럼 빠져나가면서 모든 의혹을 나에게 돌리려 했다.

"안자이 도모야란 이름을 듣고 생각이 났는데, 예전에 잡지에서 남편분의 에세이를 읽은 적이 있습니다."

형사는 신중하게 단어를 고르며 말을 이었다.

"내 기억이 맞는다면 벌 독 알레르기가 있는 사람은 남편분이고, 자택에서 벌에 쏘여 구사일생으로 살아난 사람도 남편분인 것 같은데요."

나도 모르게 박수를 보내고 싶어졌다. 역시 책에서 가장 중요한 것은 독자다.

그러나 유메코는 차갑게 부정했다.

"전부 거짓말이에요. 누가 진짜 벌 독 알레르기가 있는지는 병원에 알아보면 금방 알 수 있을 거예요."

스기야마가 편집자답게 덧붙였다.

"어차피 작가는 모두 거짓말쟁이니까요. 그래도 에세이에서는 백 프로 사실을 날조하진 않지만, 재미있게 쓰려고 살을 덧붙이거나 다른 사람의 경험을 자기 이야기처럼 쓰는 것은 누구나 하는 일이죠."

"그림책 작가는 오히려 이미지가 안 좋아질 수 있으니 자신에게 소재를 양보해달라고 했어요. 미스터리 작가에게는 벌에 쏘여 죽을 뻔했다는 이야기가 홍보가 될 수 있다고 생각했겠지요."

유메코의 말은 즉석에서 지어낸 엉터리라고는 생각하기 힘들만큼 그럴듯했다.

지금 대체 무슨 말을 하는 건가? 내가 에세이를 거짓으로 썼다고? 그럴 리 없다.

거짓말을 하는 사람은 네가 아닌가. 나는 정말로 벌 독 알레르기가 있어서 하마터면 3년 전에 죽을 뻔했다.

처음에는 그저 따끔했을 뿐이다. 그러나 이윽고 견디기 힘든 갈증과 구토증에 휩싸였다. 혀가 잘 돌아가지 않아 입에서 나오는 말이 분명치 않다. 두드러기가 온몸에 퍼져 살을 쥐어뜯고 싶었다. 그리고 엄습하는 격렬한 현기증.

입안이 마비되어 숨을 쉴 수 없다. 목 안쪽이 부어오르고 호흡기관이 막혀 공기를 흡입할 수 없다. 나는 산소를 얻기 위해 목을 잡고 금붕어처럼 뻐끔뻐끔 입을 벌렸다.

조금 전에도 죽은 벌에 쏘여 호흡곤란에 빠지지 않았던가. 그것도 거짓이란 말인가!

그때 그렇게까지 온몸을 괴롭히던 증상이 어느새 자취를 감추었다는 사실을 알아차렸다.

"그러면 남편분이 유메코 씨를 살해하기 위해 지하실에 벌집을 지었다고 가정해보지요."

형사는 다시 나에게 눈길을 떨구었다.

"그렇다면…… 여기 있는 이 남자는 도대체 누구죠?"

뭐야? 그게 무슨 말이지? 나는 어안이 벙벙해졌다.

유메코가 조용히 대답했다.

"이름은 아마 안자이 미노루일 거예요."

안자이 미노루……. 그 이름이 내 잠재의식에 깊숙이 파고들었다.

아니다. 나는 안자이 도모야다.

안자이 미노루라는 사람은 모른다.

그 이름은 아득한 옛날에 버렸다.

형사가 이마에 주름을 잡으며 다급히 물었다.

"잠시만요. 그럼 이자는 친척이나 지인인가요?"

"아니에요. 단지 정신이상자일 뿐이에요. 남편을 따라다니는 스토커였지요."

"스토커요? 남자가 남자를 따라다녔다는 말인가요?"

"연애 감정 같은 게 아니에요. 이 남자는 자신이 진짜 안자이 도모야고, 안자이는 자기 이름을 쓰는 가짜라고 생각했어요."

유메코의 한마디 한마디가 내 마음을 후벼 팠다. 아니다. 무슨 말도 안 되는 소리를 하는가.

나는 안자이 도모야다. 내가 진짜 안자이 도모야라고!

"출판사를 통해 편지를 수십 통이나 보냈고, 나중에 출판사 사람에게 들었는데 사인회를 할 때마다 몰래 숨어서 남편을 훔쳐봤다고 하더군요."

미사와가 중얼거리듯 말했다.

"나도 출판사에서 주최하는 파티에 몰래 들어온 것을 본 적이 있습니다. 안자이 도모야와 이야기하고 있는데, 바로 뒤에서 귀를 쫑긋 세우고 듣고 있더군요."

말도 안 돼……. 그럴 리 없다. 내 머릿속에서 파티의 기억이 빙글빙글 돌았다.

미사와의 차림을 찬찬히 뜯어보았다. 플란넬 재킷은 캐시미어 같고 청바지는 새것 같았지만, 바짓단 밑으로 보이는 신발의 뒤꿈치는 흠집이 있는 데다 좌우가 불균형하게 닳은 것이 마음에 걸렸다.

이야기를 하는 세 사람의 모습은 마치 젊은 커플과 그들의 상사처럼 보였다.

"그 후에 작은 소동이 벌어져서 똑똑히 기억하고 있습니다."

작은 소동.

그것은 마음속 깊은 상처가 되어 망각의 저편으로 쫓아낸, 너무도 치욕스러운 사건이다.

나는 출판사 직원들에게 양쪽 어깨를 잡혀 파티장에서 끌려 나갔다.

"이봐! 이게 무슨 짓이야? 너무 무례하잖아! 내가 누군 줄 알아? 안자이 도모야라고!"

"그러세요? 어쨌든 나가세요."

출판사 직원들의 태도는 너무도 냉정했다. 둘 다 키가 컸기 때문에 나는 사로잡힌 외계인처럼 발이 바닥에서 뜬 상태로 끌려 나갔다.

"너희들, 내가 가만히 있을 줄 알아? 잘 들어. 앞으로 너희 출판사에는 원고를 주지 않을 거야!"

"네, 그러시든가."

"그것만이 아니야. 이미 낸 책도 전부 계약을 취소할 거야!"

"네, 네, 알았으니까 집에나 가시죠."

그들은 나를 엘리베이터에 태우더니 1층에서 겨우 해방시켜 주었다.

잠시 망연한 얼굴로 그 자리에 우두커니 서 있었다.

내가 원하는 세계와 나의 거리는 너무도 멀다. 나는 그 잔인한 사실을 몸서리치게 깨닫게 되었다.

"결국 마지막에는 집에까지 쳐들어왔지요."

유메코는 한숨을 쉬고 나서 말을 이었다.

"이자는 남편이 쓴 작품은 뭐든지, 소설부터 에세이까지 전부

읽고 남편보다 더 자세히 기억했어요. 중요한 부분은 술술 외우기까지 하더군요. 기분이 나쁠 정도여서, 웬만한 일에는 신경을 안 쓰던 남편도 깜짝 놀랐지요."

"그래서 어떻게 했나요?"

"집에 들어와 나가지 않으려고 버텨서 결국 경찰을 불렀는데, 끌려 나갈 때 남편을 향해 목이 터져라 소리치더군요. '넌 내 분신이야! 내 인생을 돌려줘!'라고요."

"분신? 그게 무슨 말이죠?"

이 질문에는 유메코 대신 미사와가 대답했다.

"아마 예전에 사용하던 도플갱어란 말을 그렇게 표현한 거 아닐까요? 자신과 똑같이 생긴 분신이 어느새 자신을 대신해 자신의 모든 것을 빼앗아갔다는 일종의 망상이지요."

"똑같이 생겨요? 겉으로 보기엔 뼈와 가죽밖에 없는 노인인데요?"

형사는 나를 내려다보며 고개를 갸웃거렸다.

"남편분은 40대쯤이죠? 그런데 이자는 아무리 봐도 일흔은 넘은 것 같은데요."

유메코가 냉정하게 대답했다.

"망상 속에선 아무 상관이 없어요. 자신이 태어난 해도 1969년이라고 하더군요. 태도나 말투는 더 젊다고 할까……. 어른이 되지 못한 듯한 느낌이 들었어요. 그런 점에선 남편과 비슷하긴 했지요. 겉으로 기분 좋게 보일 때에도 눈은 웃지 않는다고 할까, 소름이 끼칠 만큼 냉정하게 느껴지는 면도 있었고요."

미사와가 토해내듯 덧붙였다.

"인간성은 둘 다 비슷하니까요. 아마 통하는 부분이 있지 않았을까요?"

그 남자, 분신과 통하는 부분이라면 분명히 있었다.

내 머릿속에서 또 다른 기억이 되살아났다.

16

그 책이 눈에 띈 것은 우연이었다.

내 단골 서점은 베스트셀러가 제일 먼저 들어올 만큼 크진 않았지만, 무서운 세균을 연상시키는 대형 서점이 근처에 생겨 주변의 나무들을 뿌리째 고사시키는 맹위를 떨치는 와중에도 가까스로 망하지 않고 살아남은 곳이었다.

그 책은 처음 발간된 직후 대형 서점의 매대에 높다랗게 쌓여 있었지만, 그 서점에서는 서가에 꽂혀 있었을 뿐이다. 눈에 들어온 것은 책등뿐으로, 작가의 이름이나 제목에 마음이 끌리지 않는 이상 뽑아서 보는 일은 없으리라.

그 책의 등에는 독특한 서체로 '말벌'이라고 쓰여 있었다.

그것은 내가 지금 쓰려고 하는 소설의 제목이기도 했다.

내 작품이 소설 잡지의 신인상 최종 후보에 오른 것은 벌써 10여 년 전의 일이다. 유감스럽게도 수상은 하지 못했지만, 심사 위원 중 한 명이 "문장이 안정되어 있다"라고 극찬해주었다. 나는 마음속으로 환호성을 질렀다. 소설에서 가장 중요한 것은 문장이다. 그것도 독선적인 비유나 천박한 표현으로 사람들을 놀라게 하는 것이 아니라 발을 땅에 딛고 있는 듯한 안정된 문장 말이다. 그런 문장은 언뜻 보기에 참신한 표현으로 찬사를 받고 금세 사라지는 풋내기들에게선 절대로 찾아볼 수 없다. 오랜 세월에 걸쳐 연구하고 많은 인생 경험을 쌓지 않으면 결코 몸에 배지 않는다.

겨우 여기까지 왔다. 최전선에서 활약하는 작가와 편집자들이 내 소설을 높이 평가하고 있다. 꿈의 무대로 들어갈 수 있는 문 앞에 서 있는 것이다.

그때부터 목을 길게 빼고 출판사의 연락을 기다렸지만, 어찌 된 일인지 아무런 소식이 없었다. 그래서 몇 번 편집부에 전화를 걸거나 찾아가봤지만 반응은 더할 수 없이 냉랭했다. 도저히 출판계의 미래를 짊어질 신인(50대의 신인은 결코 드물지 않다)에 대한 태도라고는 볼 수 없었다.

그러는 와중에 노골적으로 귀찮은 태도를 보이더니, 담당자가 있으면서도 없는 척하게 되었다. 2, 3년이 지나자 전화를 걸어도 즉시 끊어버리고, 시간을 내어 찾아가도 1층에서 경비원이 가로막는 형편이었다.

나는 새로운 작품을 써서 다른 출판사 신인상에 응모하기로 했다. 나를 무시한 녀석들이 피눈물을 흘리며 후회하도록 해주겠다!

그 작품의 제목이 '말벌'이었다. 이익을 얻기 위해 종업원의 인간성을 파괴하는 악덕 기업을 적으로 여기고, 세뇌를 거부한 채 고독하게 싸우는 주인공을 그릴 생각이었다.

물론 소설 제목에는 저작권이 없기 때문에 누구라도 '죄와 벌'이든 '이방인'이든 '그대여 분노의 강을 건너라'든 마음대로 제목을 붙일 수 있다(만약에 출판사가 좋다고 하면).

그러나 아직 한 권도 세상에 내놓은 적이 없는 신인 작가에게 똑같은 제목의 책이 이미 나와 있다는 것은 결코 간과할 수 없는 커다란 문제였다.

내가 그 책에 손을 뻗은 것은 어떤 면에서 필연이었으리라.

일단 그 책의 내용이 내가 쓰려고 한 내용과 판이하다는 사실을 확인하고 안심하고 싶었다. 가능하면 어설픈 졸작이라고 비웃으며 재빨리 잊어버리고 싶었다.

대부분의 경우에는 그런 생각대로 치밀하게 분석한 다음, 코웃음을 치며 다시 서가에 꽂아놓으면 되었다. 그러나 그때는 상황이 달랐다.

우선 내용을 보기 전에 작가의 이름에 시선을 빼앗겼다.

안자이 도모야[安齋智哉]…….

건설 회사의 영업 사원에서 생명보험 설계사, 다단계판매의 영업 사원 등 여러 직업을 전전하던 무렵, 나는 안자이 도모야[安齊知哉]라는 가명을 사용한 적이 있다.

더구나 지금은 똑같은 제목의 소설을 구상하고 있다.

여기서 공시성共時性 같은 신비한 일치감과 특별한 인연을 느끼지 않을 수 없었다.

나는 서가에서 빼낸 책의 표지를 보고 다시금 큰 충격을 받았다.

새하얀 캔버스에 칼로 가른 듯한 선線이 세로로 몇 개나 달리고 있는 사진. 그것은 아무리 봐도 루치오 폰타나의 공간 개념에서 영감을 얻었다고 생각할 수밖에 없었다.

처녀작은 이런 표지로 출판하고 싶었는데……. 그 작가는 나와 똑같은 감각을 지니고 있었다. 그래서 작품의 수준이 어느 정도인지 확인해보기로 했다.

그 자리에서 책장을 넘겨 읽으며 나는 세 번째 충격을 받고 완전히 뻗어버렸다.

《말벌》은 도저히 걸작이라고 하긴 힘들었다. 아니, 누가 보더라도 완전한 실패작이다. 등장인물의 리얼리티는 손톱만큼도 없고, 미스터리도 실소가 새어 나올 정도였다.

그럼에도 책에 담겨 있는 무서운 메시지가 내 마음속 깊은 곳을 푹 찔렀다.

"왜 나를 죽이려 하지?"

이지치는 이를 악물고 말을 짜냈다.

"대답은 'Why not?'. 번역하면 '그러면 왜 안 되지?'"

다케오는 거대한 주사기를 꺼냈다. 마치 연극 무대의 소도구처럼 보였지만, 날카롭고 뾰족한 바늘이 천장의 조명을 받아 화려한 빛을 뿌렸다. 마치 자신이 진짜 주사기라고 주장하듯이.

"이건 대형 동물용이라 공기를 충분히 주입할 수 있고 피도 튀지 않지. 역시 에이즈는 무섭거든."

"날 배신하는 건가?"

"천만에. 우린 처음부터 친구가 아니었으니 배신은 아니지."

"왜지? 넌 위쪽 명령에 충실히 따랐잖아?"

다케오가 웃음을 터뜨렸다.

"말벌처럼 말인가? 너희는 뒤에서 나를 말벌이라고 불렀지. 내가 모를 줄 알았나?"

"그건 네가 한번 노린 타깃은 늘 한 방에 처리했기 때문이야."

"둥지를 위해 부지런히 사냥을 했기 때문이 아니고? 유전자의 명령에 따라서 말이야. 그런데 갑자기 이런 생각이 들더군. 유전자의 명령이란 과연 무엇일까?"

"무슨 말이지?"

이지치는 필사적으로 몸을 움직이려 했지만, 기둥 뒤로 두 손을 묶은 밧줄은 꿈쩍도 하지 않았다.

"어차피 말벌은 한 번 쓰고 버리는 소모품이잖아. 오직 둥지를 위해 일하다 죽어갈 뿐이지. 이기적인 유전자의 의도 따위는 이 행성에서 태어났다는 큰 기적에 비하면 개나 줘버려야 하지 않을까?"

"⋯⋯조직의 톱니바퀴에 만족하기 싫다는 뜻인가?"

이지치는 외계인 같은 다케오의 말을 어떻게든 이해할 수 있는 언어로 번역하려고 애썼다.

"어차피 사람은 한 번밖에 살 수 없어. 말벌도 자유롭게 날개를 펼치고 날아가면 되지 않을까? 자신이 날고 싶은 곳을 향해서 말이야."

이지치의 말에 아랑곳하지 않고 다케오는 황홀한 표정으로 말을 이었다.

"모든 생명은 언젠가 사라질 운명을 타고나지. 그때까지 최선을 다해 살아야 한다는 게 신이 내린 메시지야. 알았어? 어떤 것에도 사로잡히지 말고 말이야."

"알았어. 알았으니까 이거나 풀어줘. 협조할게. 네가 시키는 것은 뭐든지 할게."

다케오의 귀에는 이지치의 말이 들리지 않는 듯했다.

"사회의 기대나 도덕이나 법률이나⋯⋯ 원래는 아무런 의미도 없지 않을까? 너희도 완벽하게 무시했잖아. 그런데 왜 조직의 규칙에는 그렇게 얽매이는 거지?"

"그건…… 어쩔 수 없어. 요즘 세상에서 독불장군은 살아갈 수 없으니까."

"Fuck you!"

다케오는 토해내듯 소리쳤다.

"사람은 모두 혼자 태어나서 혼자 죽어. 우리 모두 살고 싶은 대로 살면 되는 거야. 죽이고 싶으면 죽이고, 부수고 싶으면 부수면 돼. 우리는 인간이니까."

"그런 생각으로 오래 살 수 있을 것 같아?"

이지치는 으름장을 놓듯 말했다.

"오래 산다고? 그래, 한때는 오래 살고 싶었지. 하지만 넌 조직의 말을 충실히 따랐는데도 오래 살 수 있을 것 같지 않군. 고작해야 앞으로 2, 3분일까? 후회 안 해? 하고 싶은 것도 참으면서 거짓 인생을 살아온 것을."

자신의 운명을 깨닫고 이지치의 눈에서 한 줄기 눈물이 흘러내렸다.

이 녀석은 미쳤다. 지금은 무슨 말을 해도 이 녀석을 말릴 수 없다.

여기서 이렇게 사이코 같은 녀석에게 죽임을 당하는 것인가.

"난 오래 사는 것에는 별로 미련이 없어. 다만 마지막 1초는 후회하고 싶지 않군. 뭐…… 1초니까 큰 차이는 없겠지만."

나는《말벌》을 사서 집에 오자마자 밤을 꼬박 새워 한 자도
놓치지 않고 탐독했다. 그리고 안자이 도모야의 모든 작품을 닥
치는 대로 읽었다. 심지어 단행본으로 나오지 않은 에세이까지
그가 쓴 모든 글을 섭렵했다.

가족도, 학교도, 회사도, 사회 시스템도, 내가 적응하지 못한
모든 조직과 규범에는 본래 아무런 의미가 없다. 그렇게 단호하
게 말하는 안자이 도모야의 필치는 통쾌하기 그지없었다. 나에
게 동조하라고 명령하고, 내 행동에 얼굴을 찌푸리며 비난하고
규탄하고 말살하려 한 녀석들은 인생이 한 번밖에 없다는 사실
에서 눈을 돌리고, 비정상적인 집단의 논리를 내세우는 광신자
라고 가르쳐준 것이다.

하지만 무턱대고 그렇게 주장했다면 그만한 설득력은 얻지 못
했으리라. 그런데 안자이의 작품은 작가의 주장을 스토리 안에
서 입증했다. 모든 선의는 짓밟히고, 모든 선인은 질서를 지키
고, 사회는 견고하다고 믿는 사람들은 불행의 밑바닥으로 떨어
진다. 희망은 절망으로 새카맣게 덧칠된다. 거대한 악과 악의 싸
움 앞에서 깨끗하고 올바르게 살아가는 사람들은 잡초처럼 뽑
힐 운명에 처해 있으니까.

아마 99퍼센트의 독자는 안자이 도모야의 진의를 알아차리

지 못했으리라. 그들은 조금 독특한 누아르계 엔터테인먼트 소설로밖에 받아들이지 않았을 것이다.

그러나 나는 알고 있다. 이 작가는 진심이라는 것을. 모든 규칙은 무의미하다. 그러니 살아 있는 동안 모든 욕망을 해방하라……. 안자이 도모야는 진심으로 그렇게 설파하고 있다.

나는 그때까지만 해도 아직 열광적인 독자에 불과했다. 하지만 시간이 지남에 따라 아무리 애써도 씻어낼 수 없는 의혹이 다시 불타올랐다.

이것이야말로 내가 쓰고 싶던 내용이 아닌가.

이것이야말로 내가 예전에 생각하던 표현이 아닌가.

이것이야말로 내가 구상하던 스토리가 아닌가.

이것이야말로 내가 아는 그 녀석을 모델로 한 등장인물이 아닌가.

그렇다면 이것은 내가 쓴 작품이다. 확실히 기억나진 않지만, 그렇게 생각할 수밖에 없다.

어쩌면 나도 모르는 사이에 내 분신이 쓴 것이 아닐까?

그래, 틀림없다. 어느새 내 분신이 작가가 되어 활동하고 있다.

내가 자신의 처지를 핑계 삼아 한탄하고 있는 사이에…….

그래도 처음에는 분신이 이루어낸 성과를 자랑스럽게 여겼다. 그런데 시간이 지날수록 도저히 참을 수 없을 만큼 불쾌감이 증폭되었다.

나는 분신에게 편지를 썼다. 처음에는 단순히 분신의 성공을 축하하는 편지였다. 그러나 아무리 기다려도 답장이 오지 않았다. 계속 편지를 썼다. 내용은 점차 분신에 대한 비난으로 바뀌었다.

시간이 갈수록 비난의 강도가 높아졌고, 어느 순간부터 내 인생을 돌려달라는 협박장으로 변했다.

전부 수백 통쯤 썼을까? 모두 출판사로 보냈는데, 그때까지만 해도 출판사가 내용을 확인한 후 문제가 없는 것만 작가에게 보낸다는 사실을 몰랐다.

그런 사실을 알고 나서는 안자이 도모야의 집 주소를 알아내기 위해 모든 수단을 동원했다.

에세이나 인터뷰 등 공개된 자료만 분석해도 상당히 많은 개인 정보를 얻을 수 있었다.

세타가야의 자택, 그리고 야쓰가타케 남쪽 기슭의 산장.

모두 분신이 내게서 부당하게 빼앗은 것이다.

이제 내 인생은 얼마 남지 않았다. 녀석이 돌려줄 생각이 없다면 어떻게든 찾아와야 한다.

그것을 위해서라면 수단과 방법을 가리지 않을 것이다.

"……한마디로 말하면 이런 건가요? 이자는 남편분이 자신의 분신이라는 망상을 품고 있었다. 그래서 남편분은 이자를 이용해 당신을 살해할 계획을 세웠다?"

형사는 상당히 곤혹스러운 표정을 지었다.

그 모습을 보면서 미사와가 냉소적으로 말했다.

"아마 그건 아닐 겁니다. 안자이 도모야는 굉장히 치밀한 사람이에요. 도덕적인 면에선 커다란 구멍이 뚫려 있지만요. 망상에 시달리는 사람을 끌어들이면 실패할 확률이 높아질 뿐입니다. 그렇게 어리석은 짓을 저지를 리 없습니다."

유메코가 머릿속에 남은 의문을 입에 담았다.

"도저히 이해할 수 없는 게 또 한 가지 있어요. 이 남자는 왜 자살한 걸까요? 그것도 와인 오프너로 자기 목을 찌르는 무서운 방법으로요."

자살이라고? 웃기지 마!

난 살기 위해 어쩔 수 없이 목에 구멍을 뚫었을 뿐이야. 벌 독에 의한 아나필락시스 쇼크로 호흡곤란에 빠지는 바람에, 기도를 확보하기 위해선 그렇게 할 수밖에 없었어. 그것은 누가 보더라도 명백하지 않은가.

"글쎄요······. 이 사건은 그렇게 단순하게 생각할 수만은 없을 것 같군요."

형사는 마침내 결론을 포기한 것 같았다.

"어쨌든 열쇠를 쥐고 있는 건 역시 남편분인 것 같습니다. 어떤 사정으로 어젯밤에 갑자기 사라졌는지······. 그리고 마치 교대하듯 이자가 나타난 이유도 물어봐야겠지요."

그러자 유메코가 숨을 죽이며 입을 열었다.

"그게…… 이 사람의 코트 주머니에 이런 게 들어 있었어요."

그녀가 무엇을 내밀었는지 보이지 않았지만 그 자리에 긴장감이 감도는 것이 느껴졌다.

"이건 과도가 아닙니까? 혈흔이…… 묻어 있군요."

그 말이 마지막 방아쇠가 되었다.

순간 의식 아래 쑤셔 박아놓은 기억이 갑자기 되살아났다.

밤이다. 눈이 내리고 있다.

차고 뒤에 차를 세우고 산장을 바라보았다.

불빛을 받은 정면의 현관은 나 혼자 보는 것이 안타까울 만큼 아름다웠다.

이것은 내 산장이 되었어야 한다.

아니, 내 산장이다.

내가 쓰려고 한 소설의 인세, 그 돈으로 샀으니까…….

조금 전에 산장 주변을 돌아봤지만 침입할 경로는 보이지 않았다. 나무 문은 더할 수 없이 튼튼했고 유리창도 만만치 않았다. 언뜻 보기에 평범한 이중유리 같아 라이터로 불을 붙이려고 시도해보았다. 그러나 그 결과 알게 된 것은 바깥쪽은 평범한 유리지만, 안쪽에는 강화유리와 폴리카보네이트수지를 사용한 방범용 이중 창문이 끼워져 있다는 사실이었다. 금속 방망이로 힘껏 내리쳐도 쉽게 깨지지 않을 테니, 소리 내지 않고 침입하는 것은 불가능에 가깝다.

뒤편에 지하실 환기용으로 보이는 드라이에어리어가 있지만, 튼튼한 쇠창살이 끼워져 있었다.

할 수 없이 차 안에서 담배를 피우며 멍하니 산장을 바라보았다.

그때 현관 안쪽에 불이 켜졌다. 누가 나오려는 것일까?

황급히 담뱃불을 끈 다음, 시동을 끄고 열쇠를 빼냈다.

내가 여기에 있는 것을 눈치챈 걸까?

조용히 현관문이 열렸다. 안에서 나온 사람이 누구인지는 그 즉시 알 수 있었다. 안자이 도모야라는 이름의 내 분신이다.

아직 내가 있다는 사실은 눈치채지 못한 모양이다. 분신은 조용히 현관문을 닫았다. 문을 잠그진 않았다. 그리고 값비싸 보이는 가죽 재킷의 옷깃을 세우고 연신 산장을 돌아보면서 차고로 다가왔다. 가루눈이 머리에 군데군데 달라붙었다.

머릿속으로 잔인한 소설의 줄거리라도 생각하는지, 입가에는 더할 수 없이 사악한 미소가 매달려 있었다.

나는 100엔에 산 과도를 손에 들고 조용히 차에서 나와 차고 벽에 몸을 붙였다.

분신은 생각에 몰두한 탓에 뒤늦게 내 차를 발견한 듯했다. 차고 맞은편에서 가까이 다가온 다음에야 흠칫 놀란 것처럼 걸음을 멈추었다.

차고 뒤에서 빠져나가 분신의 앞을 가로막았다. 그러자 온몸을 움츠리며 화들짝 놀라는 것을 알 수 있었다. 눈에 반사되는 빛으로 내 얼굴을 확인한 모양이다.

"그동안 충분히 즐겼겠지? 이제 내 인생을 돌려줘야겠어."

그렇게 말하면서 한 발짝 앞으로 다가섰다.

"잠깐…… 잠깐만 기다려. 알았어. 얘기를 하지. 돈이라면 줄게. 어때?"

분신은 얼굴을 일그러뜨리며 다급히 말했다.

"돈 같은 건 필요 없어. 지금 당장 내 인생을 돌려줘."

과도를 허리춤에 대고 상대에게 달려들었다. 아무런 저항도 느끼지 못해 순간적으로 실패했다고 여겼지만, 분신은 소리 없이 눈 위로 무너져 내렸다.

어둠 속에서도 검붉은 피가 눈 위에 뚝뚝 떨어지는 것을 알 수 있었다.

분신의 몸을 뒤지려다 이내 그럴 필요가 없다는 것을 알았다. 분신의 손을 펼치자 자동차 열쇠 두 개가, 레인지로버와 포르쉐 열쇠가 있었던 것이다. 잃어버리지 않도록 알토와 같은 열쇠고리에 끼워두었다.

처음에는 분신의 시체를 숲까지 끌고 가 적당한 곳에 버릴 생각이었다. 하지만 생각보다 무거운 데다 엉거주춤한 자세로는 쉽게 미끄러지는 눈 위에서도 끌고 가기가 쉽지 않았다.

할 수 없이 차고 옆의 눈을 손으로 파낸 뒤, 시체를 묻고 다시 눈으로 덮었다.

그곳만 부자연스럽게 부풀어 올랐지만 어쩔 수 없다.

됐다. 마침내 내 인생을 부당하게 빼앗은 분신을 처리하는 데 성공했다.

내가 진짜 안자이 도모야가 된 것이다.

비참한 인생은 이제 끝이다. 지금부터 빛나는 인생의 새로운 막이 열릴 것이다.

나는 잠시 달콤한 상상에 젖었다.

시간이 얼마나 지났을까, 문득 앞을 바라보자 부자연스럽게 솟아 있는 작은 눈 언덕이 눈에 들어왔다.

무엇일까?

그러나 이내 흥미를 잃고 눈길을 돌렸다.

춥다. 눈이 내리고 있다. 꽁꽁 얼어붙을 것 같다. 마치 얼음물에 담갔다 뺀 것처럼 두 손의 감각이 모두 사라졌다.

내가 이런 곳에서 무엇을 하고 있었을까?

빨리 따뜻한 산장 안으로 들어가자.

유메코도 분명히 목을 길게 빼고 기다리고 있을 것이다.

알토의 조수석에서 와인이 들어 있는 종이봉투를 꺼냈다. 현관문을 열고 산장 안으로 들어가 몸에 묻은 눈을 꼼꼼하게 틸

어냈다.

옷걸이에 코트를 걸고 만일을 위해 벽의 열쇠 보관함을 열어 보았지만 안은 텅 비어 있었다.

그리고 천천히 1층을 돌아다녔다. 거실만 해도 15평은 족히 되리라. 고풍스러운 콘솔 위에는 오래된 자동응답기 겸용 팩스기가 놓여 있었다.

오늘부터 여기는 내 것이다.

기세등등하게 계단을 올라갔다. 드디어 사랑하는 아내를 만나게 된다.

아마 제일 안쪽에 있는 방이 침실이리라.

"아무래도 사망한 것 같군요."

내 목에 손을 대고 있던 형사가 고개를 가로저었다.

"출혈 과다거나 아니면 기관에 피가 들어가 질식사한 것 같습니다. 가능하면 이자에게서도 어떻게 된 건지 듣고 싶었는데요."

그 말을 듣고 경악을 금치 못했다.

무슨 말이야? 형사 주제에 맥박 하나도 제대로 못 짚어?

난 아직 살아 있어. 대체 어디를 보는 거야? 난 아직 살아 있다고!

"아직도 뭐가 어떻게 된 건지 잘 모르겠어요. 이 사람은……
피해자였을까, 아니면 가해자였을까?"

유메코가 혼잣말하듯 말했다.

잠깐만. 난 정말로 살아 있다고! 직접 확인해봐. 손을 조금만 내밀어 내 목덜미를 만져보면 알 수 있어. 손을 조금만 앞으로 내밀어보라니까!

다음 순간, 기묘한 사실을 깨달았다.

잠깐만. 각도가 조금 이상하다. 어떻게 된 거지?

나는 지금 천장에서 두 사람을 내려다보고 있다.

즉 내가 내려다보고 있는 것은 유메코와 이미 생명을 잃어버린 내 유해다.

그리고 나는 그곳에서 빠져나온 영혼, 분신에 불과했다.

그때 장수말벌 한 마리가 나타나 공중에서 빙빙 맴을 돌기 시작했다.

헬멧처럼 생긴 오렌지색 머리, 치켜 올라간 겹눈과 미간에 있는 세 개의 홑눈. 연신 고개를 갸웃거리며 공기의 냄새를 확인하듯 더듬이를 미세하게 움직이고 있다.

이윽고 장수말벌은 여기에 아무것도 없다고 확신한 듯 날아가버렸다.

그 판단은 옳았다.

시야가 서서히 어두워졌다.

어느 누구도 아니게 된 나를, 어둠이 천천히 집어삼키려 하고 있다.

눈 덮인 산장.

도망칠 곳은 어디에도 없다.

과연 나는 살아남을 수 있을까?

내 이름은 안자이 도모야. 주로 음울한 미스터리나 서스펜스를 쓰는 소설가다.

베스트셀러 작가라곤 할 수 없지만 불황의 늪에 빠진 출판 시장에서도 그럭저럭 판매를 유지하고 있다.

그런데 어떻게 이런 일이! 아내가 애인과 손을 잡고 나를 함정에 빠트렸다. 나에게 벌 독 알레르기가 있다는 사실을 알고,

말벌을 이용해서 나를 죽이려는 것이다.

여기는 도망칠 곳이 없는 눈 덮인 산장. 나는 과연 이곳에서 살아남을 수 있을까?

우우웅~ 우우웅~ 위이잉~ 위이잉~.

곤충이 파르르 날개를 떠는 소리.

나는 곤충을 싫어한다. 아니, 무서워한다는 표현이 맞으리라.

거미나 지네처럼 발이 여러 개 달린 곤충도 무섭지만, 벌처럼 날개가 달려서 쏜살같이 날아오는 곤충은 더 무섭다.

그리하여 이 책을 번역하는 동안, 연신 등골이 오싹해지고 심장이 덜컹 내려앉았다. 하지만 그것은 결코 불쾌한 기분이 아니었다. 심장이 쫀쫀해지며 엔도르핀이 마구 솟구치는 기분이라고 할까?

기시 유스케. 그는 이름만으로도 가슴이 뛰게 만드는 작가 중 한 사람이다. 그가 천착하는 분야는 미스터리, 그중에서도 특히 호러다. 《검은 집》처럼 인간의 욕망과 광기가 만들어내는 공포를 그리는 일이 많은데, 그것에 대해 그는 이렇게 말한다.

"호러는 미스터리 문맥으로 새로운 작품을 쓸 수 있기 때문이다."

하지만 때로는 《푸른 불꽃》처럼 청춘 미스터리를 그리기도 하고, 《신세계에서》처럼 SF를 내놓기도 한다.

그러나 어떤 분야든지 그의 작품에서는 한 가지 공통점을 찾을 수 있다. 굉장히 많이 공부하고, 굉장히 많이 생각한다는 것이다. 아마 하나의 작품을 쓰기 위해서 그처럼 꼼꼼하고 치밀하게 공부하는 작가는 드물지 않을까?

이 작품도 마찬가지다. 내용을 읽어보면 알겠지만 그는 이 작품을 쓰기 위해서 벌에 대해 논문이라도 쓸 수 있을 만큼 철저하게 연구했으리라.

그리고 이 작품에는 한 가지 특징이 있다. 바로 1인칭 시점이라는 것이다.

미스터리 작품에는 1인칭 시점이 많지 않다. 다양한 시점에서 다양한 정보를 받아들이고 다양한 스토리를 펼치는 데에 1인칭 시점은 여러 가지 문제점을 안고 있기 때문이다.

그럼에도 불구하고 그는 왜 1인칭 시점을 선택했을까?

여기에 이 작품의 묘미가 있고 매력이 있으며 반전이 숨어 있다.

이 책의 마지막 페이지를 읽는 순간, 아마 당신도 나처럼 무릎을 치면서 감탄사를 내뿜지 않을까?

2016년 새해를 맞으며
이선희

이 소설을 집필하면서 독립 행정 법인 모리바야시종합연구소[森林綜合硏究所]

모리바야시 곤충연구영역장(현 홋카이도 지소장)인

마키노 슌이치[牧野俊一] 선생님께 많은 도움을 받았습니다.

이 자리를 빌려 심심한 감사 인사를 전합니다.

말벌

기시 유스케 지음 | 이선희 옮김 | 240쪽 | 값 12,000원

눈 덮인 산장. 도망칠 곳은 어디에도 없다. 과연 나는 살아남을 수 있을까?

주로 미스터리나 서스펜스를 쓰는 소설가 안자이 도모야. 그는 아내 유메코와 함께 야쓰가타케 남쪽 기슭의 산장에서 신작 《어둠의 여인》의 성공을 축하하며 와인을 마시고 잠이 든다. 다음 날 눈을 떠보니 아내는 자취를 감춘 채 신발과 옷, 휴대폰이 사라지고 컴퓨터, 자동응답기 겸용 팩스기까지 모두 불통이다. 게다가 안자이의 귀를 자극하는 말벌의 날갯소리가 들린다. 예전에 말벌에 쏘인 적이 있는 그는 벌 독 알레르기 반응 때문에 이번에 또 쏘이면 아나필락시스 쇼크로 목숨이 위태로울 수 있다. 그런데 눈보라가 몰아치는 11월 하순에, 그것도 해발고도 1,000미터가 넘는 산에 어째서 말벌이 돌아다니는 것일까? 안자이는 도대체 누가 이런 일을 벌였는지 추리를 거듭하며 산장 곳곳에서 자신을 덮쳐오는 말벌과 치열한 사투를 벌인다.

검은 집

기시 유스케 지음 | 이선희 옮김 | 474쪽 | 값 14,000원

검은 집에 들어온 사람, 그 누구도 살아남지 못한다.

실제 보험회사 근무 경험에서 나온 보험사기극에 대한 작가의 문제의식과 이를 토대로 한 생생한 상황 설정, 배덕증후군 등의 심리학적 지식을 동원한 사건 추론, 책 곳곳에 인용되는 곤충학적 지식 등이 다이내믹한 필력으로 펼쳐진다. '인간의 마음보다 더 무서운 것은 없다'는 사실을 확실히 보여주는 소설로, 절묘한 구성력과 복선의 묘미는 숨 가쁘게 페이지를 넘겨가는 가운데 등골을 서늘하게 한다.

★ 1997년 제4회 일본호러소설대상 장편부 대상 수상작
★ 2007년 황정민 주연의 한국 영화 〈검은 집〉 원작소설
★ 2015년 알라딘서점 호러·공포소설 분야 최고의 책 2위에 선정

푸른 불꽃

기시 유스케 지음 | 이선희 옮김 | 532쪽 | 값 15,000원

잘 짜인 피륙처럼 빈틈없는 일본판 '죄와 벌'

17세 소년이 사랑하는 어머니와 여동생을 지키기 위해 인간쓰레기 같은 양아버지를 살해하기로 결심하는 심리적 과정이 치밀하게 묘사된 범죄 심리 미스터리 소설로, 일본판 《죄와 벌》이라는 찬사를 받으며 사회적으로 큰 반향을 불러일으켰다. 주인공 슈이치는 올해 17세로 고등학교 2학년이다. 명석한 두뇌를 지닌 그는 학교에서 공부도 잘하고 그림도 잘 그리는 평범한 학생이다. 그런데 어느 날 어머니의 전남편인 소네 다카시가 찾아오면서 평화로운 가정은 위기를 맞는다.

★ 2003년 일본 영화 〈푸른 불꽃〉 원작소설

천사의 속삭임

기시 유스케 지음 | 권남희 옮김 | 623쪽 | 값 17,000원

'천사의 속삭임'은 과연 죽음의 전주곡인가?

이상 행동을 보이다 죽어가는 사람들이 늘어난다. 희한한 방법으로 스스로 목숨을 끊은 이들의 공통점은 모두 아마존 탐험대에 참가했던 멤버들이라는 것. 과연 아마존에서 무슨 일이 있었기에 그들은 자신들이 가장 두려워하던 방법으로 기꺼이 죽어갔을까?

13번째 인격

기시 유스케 지음 | 김미영 옮김 | 416쪽 | 값 13,500원

한 소녀가 상상조차 불허하는 공포의 막을 올린다

유카리는 1995년 1월 17일 6,000명의 목숨을 앗아간 한신 대지진의 이재민을 돕는 자원봉사자로 나섰다가 13개의 인격을 가진 다중인격자 치히로를 만난다. 그런데 치히로의 인격들 중 유독 13번째 인격에서 유카리는 섬뜩한 공포를 느낀다.

★ 기시 유스케의 데뷔작으로 1996년 제3회 일본호러소설대상 장편부 가작 수상작
★ 2000년 일본 영화 〈ISOLA 다중인격 소녀〉 원작소설

크림슨의 미궁

기시 유스케 지음 | 김미영 옮김 | 420쪽 | 값 14,000원

살아남기 위해서는 오직 지옥으로 변해버린 핏빛 황무지를 벗어나야 한다

어느 날 크림슨(심홍색) 빛 황무지에서 눈을 뜬 후지키는 자신이 왜, 이곳에 오게 되었는지 전혀 기억하지 못한다. 후지키는 자신의 의지와는 상관없이 게임기에서 지시하는 대로 아홉 명의 플레이어 중 한 사람이 되어 목숨을 건 서바이벌 게임을 시작한다.

엔터테인먼트 글쓰기

기시 유스케 지음 | 2016년 상반기 출간예정

독자를 매료시키는 이야기는 어떻게 창조되는가? 호러, 미스터리, SF 분야에서 수많은 문예상을 수상하고, 《검은 집》, 《푸른 불꽃》, 《악의 교전》, 《신세계에서》 등 잇따라 밀리언셀러를 출간해온 엔터테인먼트 소설의 제왕이 자신만의 글쓰기 비법을 공개한다.

아이디어는 어떻게 수집하고, 스토리 구성은 어떻게 짜는가? 소름끼치도록 놀라운 스토리 전개 비법은 무엇이며, 아울러 그에게 영향을 끼쳐온 작품들, 창작의 이면에 숨어 있는 진짜 의도는 무엇인지 들려준다.

옛날에 내가 죽은 집 히가시노 게이고 지음 | 이영미 옮김 | 328쪽 | 값 12,000원

나와 함께 가줘, 잃어버린 내 어린 시절의 기억을 찾아서

나카노는 7년 전 헤어진 연인 사야카에게서 어린 시절 기억을 찾아 함께 가달라는 전화를 받는다. 호숫가 근처 낡고 외딴 집에서 나카노와 사야카는 누군가가 남긴 오래된 일기장과 편지를 발견한다.

방과 후 히가시노 게이고 지음 | 구혜영 옮김 | 437쪽 | 값 13,500원

오늘의 히가시노 게이고를 만든 1985년 데뷔작!

여고 수학교사 마에시마. 자신의 목숨을 노린 세 차례의 공격을 받고 공포에 휩싸인다. 그러던 어느 날 학생지도부 교사가 청산가리로 살해되는 사건이 발생한다. ★ 제31회 에도가와 란포상 수상작

비밀 히가시노 게이고 지음 | 이선희 옮김 | 477쪽 | 값 14,000원

1999년 6월 국내 최초로 소개된 히가시노 게이고의 작품

어느 날 어린 딸과 아내가 함께 탄 버스가 전복되면서 죽은 아내의 영혼이 딸의 육체에 옮겨 붙게 된다.

★ 제52회 일본추리작가협회상 수상작 ∙ 1999년 일본 영화 〈비밀〉 원작소설

동급생 히가시노 게이고 지음 | 신경림 옮김 | 399쪽 | 값 13,000원

사춘기 청소년의 흔들리는 자아와 서스펜스가 만난 본격 학원 추리물

명문 슈분칸 고등학교에 재학 중인 유키코가 교통사고로 사망한다. 나시하라는 유키코의 사고를 파헤치다가 고전문학 선생 미사키의 살인용의자로 내몰리게 된다.

도키오 히가시노 게이고 지음 | 오근영 옮김 | 480쪽 | 값 14,000원

23세 아버지, 17세 아들 도키오를 만나다

불치병을 앓고 있는 17세 아들에게 마지막 순간이 찾아왔을 때, 미야모토 다쿠미는 아내에게 23년 전에 만난 소년과의 추억을 이야기한다.

숙명 히가시노 게이고 지음 | 구혜영 옮김 | 455쪽 | 값 13,500원

거미줄처럼 얽힌 아슬아슬한 심리전

재벌 기업 사장의 살해사건을 조사하던 형사 유사쿠는 유력한 용의자가 학창 시절 내내 그의 라이벌이었던 천재의사 아키히코라는 것을 알게 된다.

아내를 사랑한 여자 히가시노 게이고 지음 | 이선희 옮김 | 706쪽 | 값 17,000원

남자와 여자의 본질은 무엇인가?

데쓰로는 10년 만에 재회한 미쓰키에게서 충격적인 이야기를 듣는다. 신체는 여자지만 마음은 남성인 성정체성 장애를 갖고 있다는 것이다.

변신 히가시노 게이고 지음 | 이선희 옮김 | 450쪽 | 값 13,500원

뇌 이식 수술을 통해 드러난 인간의 그늘진 욕망

강도가 쏜 총에 머리를 맞은 준이치는 최첨단 의학의 힘으로 손상된 뇌를 제거하고 타인의 뇌를 이식하는 엄청난 수술을 받는다. 그런데 그 뒤로 누구도 예기치 못한 놀라운 일들이 벌어진다.

쓰바키야마 과장의 7일간

"억울해서 도저히 그냥 죽을 수 없어!"

SBS 수목드라마
〈돌아와요 아저씨〉 원작소설

아사다 지로 지음 | 이선희 옮김 | 452쪽 | 값 13,500원

죽음을 통해 발견한 인생의 의미!
유머와 눈물, 감동이 어우러진 아사다 지로 회심의 역작!!

고졸 출신으로 여성복 코너의 과장이 된 중년의 샐러리맨 쓰바키야마. 그는 갑작스레 뇌출혈로 세상을 떠나게 된다. 그의 영혼은 목숨을 잃고 초칠일 간 영혼이 머무는 곳이라는 중유에 머물게 된다. 그곳에서 만난 일곱 살짜리 소년 렌찡과 야쿠자 중간 보스인 다케다 이사무, 세 사람은 현세에서 이루지 못한 일을 해결하기 위해 사흘을 허락받는다.

중유의 원칙에 따라 살아 있을 때와는 전혀 다른 모습으로 현세에 오게 된 이들은 처음에는 서로를 알아보지 못하나 얽히고설킨 사건 속에서 부딪히고 새로운 인연의 고리를 맺는다. 쓰라린 인생사, 그리고 그런 이야기에 불과한 평범한 삶을 따뜻한 시선으로 보듬을 줄 아는 아사다 지로 특유의 장기가 발휘된 작품이다.

새우와 고래가 함께 숨 쉬는 바다

말벌

지은이 기시 유스케
옮긴이 이선희

펴낸곳 도서출판 창해
펴낸이 전형배
출판등록 제9-281호(1993년 11월 17일)

1판 1쇄 발행 2016년 2월 20일
1판 2쇄 발행 2016년 3월 22일

주소 서울시 마포구 토정로 222(신수동 448-6)
    한국출판콘텐츠센터 316호
전화 02-333-5678
팩스 02-707-0903
E-mail chpco@chol.com

ISBN 978-89-7919-591-0 03830

국립중앙도서관 출판시도서목록(CIP)

말벌 / 지은이: 기시 유스케 ; 옮긴이: 이선희. -- 서울 : 창해, 2016
p. ; cm

원표제: 雀蜂
원저자명: 貴志祐介
일본어 원작을 한국어로 번역

ISBN 978-89-7919-591-0 03830 : ₩12000
일본 현대 소설[日本現代小說]

833.6-KDC6
895.636-DDC23   CIP2016002227